O DEVORADOR DA ESCURIDÃO

Nikki St. Crowe

O Devorador da Escuridão

Duologia Devourer – 2

São Paulo
2025

Grupo Editorial
Universo dos Livros

Diretor-geral
Alessando Gerardi

Gerente editorial
Marcia Batista

Produção editorial
Letícia Nakamura
Raquel F. Abranches

Tradução
Nilce Xavier

Preparação
Paula Craveiro

Revisão
Nathalia Ferrarezi
Tássia Carvalho

Arte e Capa
Renato Klisman

Dados Internacionais de Catalogação na Publicação (CIP)
Angélica Ilacqua CRB-8/7057

C958d

Crowe, Nikki St.
O devorador da escuridão / Nikki St. Crowe ; tradução de Nilce Xavier.
-- São Paulo : Universo dos Livros, 2025.
240 p. (Duologia Devourer; vol. 2)

ISBN 978-65-5609-852-4
Título original: *Devour the dark*

1. Ficção norte-americana I. Título II. Xavier, Nilce III. Série

25-4033 CDD 813

Universo dos Livros Editora Ltda.
Avenida Ordem e Progresso, 157 — 8º andar — Conj. 803
CEP 01141-030 — Barra Funda — São Paulo/SP
Telefone: (11) 3392-3336
www.universodoslivros.com.br
e-mail: editor@universodoslivros.com.br

Para todas as garotas
que procuram um lugar
para chamar de seu.

ANTES DE COMEÇAR A LER

Este livro contém linguagem ofensiva, violência, relações familiares abusivas, pais verbalmente abusivos que utilizam linguagem depreciativa com os filhos, conflitos internos relativos à identidade sexual, conflitos internos decorrentes de abuso parental, conteúdo sexual explícito, menções a suicídio, coma/morte de cônjuge e familiares, guerra, consumo de sangue, cativeiro e submissão.

PRÓLOGO

ROC

ERA UMA VEZ, ELE TEVE UM NOME E UMA FAMÍLIA. Ainda consegue ouvir o pai enumerando todas as maneiras de como foi uma decepção para ambos.

Ele sente o frio do mercúrio na pele, rapidamente seguido pela queimação. Era impossível disciplinar um monstro. Apenas duas coisas eram capazes de feri-lo. O pai achava a lâmina bárbara demais, mas uma queimadura de mercúrio? Não cra muito diferente de um tapa, não é mesmo?

Você é uma desgraça na minha existência.

Às vezes, quando está a sós com seus pensamentos, o nome dele lhe vem à mente, quase como um fantasma. O que faz sentido, já que essa parte dele está morta.

Ele se revira na cama, inquieto.

Tudo dói.

Seria melhor se *estivesse* morto.

Mas ele nem sequer adoece.

É imortal e invencível.

A dor deveria ser passageira.

Mas isso é diferente, e é por isso que ele sabe que tem algo errado.

Ele está mudando de forma sem parar; é intenso e frequente demais. A instabilidade o arrasta para o passado e, então, de volta ao presente, até que ele não saiba mais qual parte de si é real.

As sombras do Salão dos Ossos.

O silêncio da Mansão Maddred.

A fumaça do Umbrage.

O gosto de rum e tabaco na língua.

O desespero de perder tudo e todos que amava.

O terror arrepiante da solidão.

E então a raiva que se transformou em apatia. Até que ele não amasse mais nada nem ninguém. Até que não fosse responsável por mais nada. Até que seu coração deixasse de pulsar sangue vermelho e virasse a mais negra das pedras.

Ele não tem arrependimentos, é o que diz a todos — mas é pura mentira.

Seu último arrependimento está sentado na cadeira ao lado da cama…

… suplicando para que ele fique bem.

1

GANCHO

Exigi que todos ficassem em silêncio; mandei Cherry se esconder nos conveses inferiores e ficar fora de vista. Só se ouvem as ondas nos carregando pelo mar e os rangidos do navio enfrentando as águas agitadas.

O Crocodilo dorme um sono inquieto. Seu corpo exala fumaça, como um pavio enegrecido cuja chama acabou de ser apagada. Ele não consegue se controlar. Já faz dias desde que deixamos a Terra do Sempre, e ele não apresentou qualquer melhora.

Meu pânico cresce a cada dia que passa.

Você vai ficar bem, não me canso de dizer. Como se, quanto mais eu repetir isso, mais real se tornará. Como se algum dia ele tivesse seguido qualquer uma de minhas ordens ou escutado algum de meus conselhos.

Por favor, fique bem, penso. Estou implorando.

O Crocodilo se enrosca nos lençóis, movendo os olhos rapidamente sob as pálpebras fechadas.

Será que falei em voz alta?

Fico o mais imóvel possível na poltrona de encosto alto, no canto do meu quarto, na parte de trás do navio.

Não se mexa, seu idiota. Não respire. Não diga uma palavra. Lamentável!

Desde que partimos da Terra do Sempre, é impossível prever o que pode desencadear a transformação. Ele é um monstro imprevisível, com dentes afiados e um vazio dentro de si que parece nunca se preencher.

O que ele é? Como posso detê-lo?

Essa dúvida me atormenta desde a primeira vez que o vi mudar de forma.

Quando assume sua forma monstruosa, ele não é um homem; é pura sombra e névoa, com dois buracos no lugar dos olhos e uma bocarra sem fundo.

Nunca vi nada como ele nas Sete Ilhas. Smee sabia que ele precisava de sangue para conter a transformação, mas seu conhecimento parecia ir só até aí.

O que é você?

Roc se contorce de novo, e o braço vira sombra antes de se rematerializar.

Ele tem uma bruxa Criadora de Mitos presa dentro de si.

Será que não sabia as consequências de devorá-la? Como pôde ser tão imprudente?

Respiro fundo, tentando acalmar as batidas aceleradas de meu coração. O Crocodilo tem sentidos aguçados, provavelmente até mesmo quando está dormindo, e não quero que meu pânico o acorde.

Por favor, fique bem. Estou implorando.

Olho pela janela redonda no lado estibordo do navio, tentando avistar a linha do horizonte. Ainda é dia, dá para enxergar bem, mas o vidro está opaco por causa do sal do mar.

Quanto tempo falta para chegarmos à Terra do Nunca?

Estou ansioso para conseguir respostas, mas apreensivo com o retorno à ilha. Quando Peter Pan me baniu de seu litoral, isso incluía as águas e o porto? Se ele avistar meu navio se aproximando, será que vai voar até aqui e nos afundar?

Caramba! É uma situação impossível. Mas tenho que arriscar. Não há outra escolha.

O Crocodilo cai novamente num sono tranquilo, com o braço enfiado debaixo do travesseiro. Veias escuras se torcem e se ramificam sob sua pele pálida — várias delas grossas e inchadas no antebraço.

Ele está nu — após sua última refeição, ficou com as roupas rasgadas e ensanguentadas — e o lençol desliza sobre seu corpo como água. O tecido está enrolado na cintura e enredado entre as pernas, deixando uma coxa à mostra e a outra coberta. Há mais tatuagens na coxa esquerda, que ainda não tive tempo de examinar. Quando estamos sem roupas, de modo geral, *nossa atenção está em outra coisa*.

Dou um passo cauteloso à frente. Prendo a respiração.

A tatuagem é preta e cinza, e retrata um cemitério com um portão coberto de heras, onde há um nome forjado no metal: MADDRED. Há várias lápides no chão. A maioria está ao fundo, ilegível, mas há três em destaque:

Vane. Lane. E...

Ouço o rangido da porta se abrindo e desvio o olhar do corpo do Crocodilo para ver Wendy, parada na soleira. A pele delicada sob seus olhos está inchada e escura. Nem ela nem eu temos dormido. Estamos sobrevivendo à base de café e conhaque. O conhaque acalma os nervos; o café nos mantém acordados.

Quando o Crocodilo se transforma e ataca minha tripulação, Wendy e eu somos os únicos que conseguem trazê-lo de volta.

Ele não responde a mais ninguém, então temos de estar sempre prontos e em alerta máximo.

— Avistamos terra — sussurra Wendy, e solto um suspiro de alívio.

Falta pouco para chegarmos à Terra do Nunca.

Saio do quarto com Wendy, trancando o Crocodilo lá dentro.

Não que isso possa contê-lo.

Portas não significam nada para monstros.

2

ASHA

Wendy e Gancho discutem em voz baixa, porém de forma acalorada.

Desde que Gancho flagrou o Crocodilo devorando um de seus homens, todos nós temos sussurrado.

Estamos com medo de acordá-lo.

Mas os homens de Gancho… estão sussurrando sobre um motim. Querem jogar o Crocodilo ao mar.

Acho que Gancho consideraria jogar *seus homens* ao mar, se não precisasse deles para alimentar o Crocodilo.

— Peter Pan foi bem claro sobre isso — Gancho diz a Wendy. — Não posso pisar na Terra do Nunca.

— Dane-se Peter Pan — diz Wendy, com as mãos na cintura. Já a vi assim muitas vezes. Determinada, um tanto teimosa, talvez um pouco cega pela própria desesperança.

Também já ouvi esse nome centenas de vezes.

Às vezes, Wendy o sussurrava como uma maldição. Outras, como um lamento.

Peter Pan. Peter Pan.

Não sei dizer se devemos ter mais medo do Crocodilo ou de Pan. Talvez os dois sejam igualmente perigosos.

— Você enlouqueceu! — Gancho solta um suspiro, irritado, e se vira, baixando a cabeça. Atrás dele, pelas janelas da sala de jantar do lado estibordo, a terra firme começa a surgir no horizonte. O sol se põe, pintando seus picos e vales com pinceladas de laranja.

A Terra do Nunca.

Gancho e o Crocodilo não têm permissão para pisar na Terra do Nunca — decreto de Peter Pan. E Gancho não deixa Wendy ir, apesar de todos os esforços dela para convencê-lo do contrário.

Parece ter esquecido que ela é uma rainha. Tampouco ela parece se lembrar. Não entendo por que está acatando ordens dele, mas não vou me meter em relacionamentos que não me dizem respeito.

Sigo afiando meu punhal enquanto eles continuam discutindo.

Gosto de manter a mente ocupada, mas, na ausência de desafios intelectuais, manter as mãos ocupadas é o segundo melhor caminho.

A lâmina raspa na pedra de amolar.

Gosto do som do aço contra a pedra; isso atiça algum instinto primitivo lá no fundo da minha mente. Bem que minha mãe dizia que eu nasci com uma personalidade afiada.

— Ouviam meus gritos em cada canto do Palácio Imperial — ela dizia não pelo prazer da dor, mas pelo orgulho, e sempre completava: — Nunca deixe ninguém tirar o seu corte afiado. O mundo nunca será sua lâmina. Você precisa ser.

Pensar na minha mãe faz minha cabeça latejar e meu peito doer.

Deixei o passado para trás, mas, às vezes, a raiva transborda e me pega desprevenida.

A lâmina raspa mais forte, fazendo mais barulho.

Gancho vira de uma vez um copo de líquido âmbar.

A Terra do Nunca está cada vez mais próxima.

— Então me diga, James — Wendy cruza os braços —, o que você propõe que façamos? Roc disse que precisava de Vane. Vane está na Terra do Nunca e...

— Eu vou.

Os dois se viram para mim.

— Você vai? — Wendy pergunta.

Não gosto de me voluntariar. Aprendi há muito tempo a não me dobrar à vontade dos outros. Mas, para ser honesta, estou curiosa para ver o tal Peter Pan com meus próprios olhos.

Meu primeiro emprego depois de escapar da Terra Invernal foi na Terra Soturna, nos Arquivos Sombrios. Passei meses trabalhando nas sete filiais, catalogando livros tão antigos que rangiam ao serem abertos. Meu assunto favorito, além de línguas, é mitologia — porque, nas Ilhas, quase sempre há um fundo de verdade nelas.

A quimera. O basilisco. Sete tipos diferentes de fadas. A *banshee* e a sereia. O metamorfo e o *kraken*.

Tenho quase certeza de que meu superior no Arquivo Sexto era um metamorfo. Às vezes, quando ele se aproximava da lareira, seu rosto ondulava, como uma miragem. Fogo e metamorfos não combinam.

Sempre me perguntei se ele estava fugindo e havia assumido uma nova identidade. O que mais tem na Terra Soturna é gente duvidosa, homens e mulheres perigosos dos quais é bom se esconder.

Mas estou divagando.

O fato é que, em todos os sete arquivos, nenhum dos estudiosos ou especialistas soube dizer ao certo *o que* é Peter Pan.

Alguns dizem que ele é uma aberração. Outros, que é um espírito sombrio que emergiu da lagoa da Terra do Nunca. Outros, ainda, dizem que é uma criança abandonada e que enlouqueceu na floresta da ilha.

Todo acadêmico ou estudioso sabe que ver algo com os próprios olhos supera qualquer leitura. Guardo a lâmina na bainha presa à cintura.

— Não podemos continuar perdendo membros da tripulação para o apetite do Crocodilo. Alguém precisa ir. Eu vou. Diga-me como chegar à casa da árvore. — Bebo o resto do meu conhaque. Já é fim de tarde, o crepúsculo vai se aproximando, a luz do sol tingida de rosa.

— Pode ser perigoso — Wendy começa.

— Ela corre mais perigo se não for — rebate Gancho.

Wendy lança um olhar carrancudo para ele.

Não sei exatamente como o relacionamento deles mudou nesses últimos dias no mar, mas acho que o estado do Crocodilo está afetando ambos.

O Crocodilo é mais um desses mitos que ainda não entendo bem.

Nos Arquivos Sombrios, seu nome aparece 734 vezes, mas apenas como *Crocodilo*. Seu nome de nascimento parece ter sido apagado dos registros, por ele ou por outra pessoa.

Eis o que sei sobre ele:

1. Ele é antigo — mais velho que eu —, mas ninguém sabe ao certo quanto. É mais velho que Gancho e Wendy, mas não tão velho quanto Peter Pan.

2. O Crocodilo faz parte da Sociedade dos Ossos, uma das sociedades secretas das Ilhas. Acredita-se que tenham inventado o tempo como o conhecemos.

3. A lista de membros da Sociedade dos Ossos é secreta, mas suspeito que seja curta. Os membros são criaturas desconhecidas que precisam de sangue para evitar que se transformem e devorem

tudo o que virem pela frente. Não há nome científico para o que são, o que me leva a crer que sua origem é escondida por algum motivo ou eles nem sejam deste mundo.

4. Crocodilo é o irmão mais velho de Vane. Vane é um Garoto Perdido, o mais confiável amigo de Peter Pan. Vane e o Crocodilo vêm de uma rica e renomada família da Terra Soturna: os Maddred. Ambos são frequentemente citados como os *irmãos Madd*. O pai deles era o Duque de Maddred, e Roc deveria ter herdado o título, mas o pai deles tentou derrubar a monarquia e a família teve todas as posses e os títulos confiscados. Depois disso, Vane e o Crocodilo galgaram os degraus da hierarquia do lado obscuro da Terra Soturna: o Umbrage.

5. O Crocodilo e Vane governaram o Umbrage por mais de uma década.

6. Não há menção sobre a mãe deles em lugar algum. Ela também foi apagada dos arquivos.

Depois do Umbrage, a história deles fica intrincada e confusa.

Alguém fez algo que não devia — e a irmã mais nova dos dois, Lane, foi assassinada pela família real como punição. Foi aí que Vane caçou e clamou a Sombra da Morte da Terra Soturna, matando a família real.

Seus atos mergulharam a Terra Soturna em uma guerra civil. Mas, a essa altura, ele já havia desaparecido há muito tempo — e o Crocodilo também.

Vane é o quinto na minha lista de figuras intrigantes que eu adoraria estudar, logo depois de Peter Pan, o Crocodilo e João e Maria.

Então, na verdade, ir até a casa da árvore é algo que também me beneficia.

— Siga na direção sudeste pela rua principal de Porto Darlington — explica Gancho. — Então, você vai cruzar o Rio

Misterioso. Depois disso, já estará perto. Continue na mesma estrada e ela te levará direto à casa.

— Quanto tempo devemos esperar antes de ir atrás de você? — pergunta Wendy.

Uma hora? Talvez um pouco mais. Não estou preocupada. — Abraço Wendy. Seus ombros tremem sob meus braços. Ela está tentando manter a compostura, esforçando-se para não chorar.

Wendy acabou de escapar de um reino que a manteve prisioneira — primeiro em uma cela gelada, depois em um castelo.

Trocou um medo por outro.

Não posso carregar esse medo por ela, mas posso ajudá-la a enfrentá-lo.

— Vai ficar tudo bem — digo.

Ela assente com a cabeça apoiada em meu ombro. Ouço-a inspirar fundo, tentando conter as lágrimas.

Certa vez, depois que um oficial da Guarda da Terra do Sempre pegou pesado comigo no campo de treinamento, foi Wendy quem cuidou de mim. Ela se acha fraca, esquecendo-se com frequência da fortaleza que se requer para ter compaixão pelos outros, especialmente em um mundo onde é muito mais fácil fingir que os outros nem existem.

— Obrigada, Asha — ela sussurra.

Quando me afasto, seus olhos estão marejados.

— Me agradeça quando eu trouxer o irmão do Crocodilo.

As instruções de Gancho são precisas, o que me dá uma sensação de satisfação.

Gosto de fatos, gosto de precisão, gosto de regras e gosto de poder contar com esses três fatores.

Vinte minutos após sair do navio, estou diante da casa da árvore.

Ao meu redor, a floresta é mais fechada. Palmeiras farfalham com a brisa do oceano. Samambaias e plantas locais crescem entre as árvores, salpicando a paisagem com um arco-íris de cores.

Crossandras, lírios e opalassos.

A Terra do Nunca é uma região de clima tropical, bem diferente dos Alpes da Terra Invernal, de onde venho, onde o ar está sempre frio e a água é sempre gelada.

Examino a casa da árvore à minha frente. É impressionante e faz jus ao nome.

Uma árvore gigantesca cresce no meio de uma casa com uma varanda que a contorna por completo, com vários andares aparentemente empilhados de forma aleatória. Alguns lampiões brilham nos degraus, iluminando a porta da frente com uma luz acolhedora.

Grilos e rãs-da-primavera cricrilam e coaxam na escuridão.

Apesar do tamanho, a casa parece aconchegante vista daqui. Como se tivesse saído de um sonho.

Gancho me preveniu sobre quem eu poderia encontrar aqui, além de Peter Pan ou Vane. Os gêmeos, os príncipes fae, Kas e Bash.

— Menos brutais que Vane ou Pan — disse Gancho. — Mas não menos perigosos. — Então ele lançou um olhar a Wendy antes de acrescentar: — E provavelmente Winnie Darling. Eu teria cuidado com ela.

— Por quê? — Wendy perguntou, cismada.

— Vai por mim.

Agora, ardendo de curiosidade, subo os degraus da frente, atravesso a varanda e bato na porta.

3

VANE

SEMPRE PENSO NOS VERSOS DE POE QUANDO ESTOU COM WIN.

A treva enorme fitando...

Penso em quem eu era antes dela.

...fiquei perdido receando...

E penso em quem eu sou agora que ela é minha.

Dúbio e tais sonhos sonhando que os ninguém sonhou iguais...

Às vezes, temo que ela desapareça bem diante dos meus olhos.

Como uma miragem, água virando areia e escorrendo por entre meus dedos.

Nunca ousei sonhar com alguém como ela.

Sonhos são para os fracos.

— Vane — ela geme e se contorce embaixo de mim.

Estou enterrado bem fundo dentro dela, buscando seu calor.

A carne macia de suas coxas afunda sob a forte pressão das minhas mãos.

Eu a seguro. Seguro com mais força.

...fiquei perdido receando...

— Ai, meu Deus... — ela diz.

Eu recuo, empurro para dentro novamente.

Seus seios estão corados, os mamilos endurecidos.

Ela tem o olhar distante e, então, seu corpo começa a flutuar para fora da cama.

— Olhos em mim, Win — ordeno, e ela se concentra, seu peso caindo novamente no colchão.

Não faz muito tempo que ela tem a Sombra da Terra do Nunca e, por isso, ainda perde o controle da magia.

Especialmente quando estamos transando.

Sua pequena mão agarra meu punho, ancorando-a a mim.

— Mais forte — ela pede, ofegante.

— Se eu te foder com mais força, vou te quebrar.

— Não vai, não.

Eu meto mais fundo, completamente enfiado em sua boceta agora. A cama estremece e geme alto, a cabeceira bate contra a parede.

A casa inteira sabe o que estamos fazendo, mas que se dane.

Que se danem todos.

Ela é minha agora e farei com ela o que eu bem quiser.

Winnie geme e me agarra com mais força. Seu corpo está em repouso, mas a magia se esparge novamente, e a escuridão paira ao nosso redor.

Compartilhamos a Sombra da Morte da Terra do Nunca, mas, na maioria dos dias, a sombra se agarra mais a ela do que a mim. Na verdade, está comigo a contragosto só por causa de Win. E eu não luto contra isso.

Winnie Darling é a rainha desta casa e a deusa sombria desta ilha.

Eu me submeto de bom grado.

Exceto quando estamos na cama.

Aí sou eu que mando.

Trago a magia de volta, e a escuridão se condensa em uma nuvem espessa.

Avanço para dentro dela, punindo-a, e Winnie geme alto.

— Ai, caralho.

A escuridão da sombra envolve seus quadris, depois se espalha para a frente, descendo pelo v entre suas coxas antes de subir de volta ao clitóris.

Win sibila de prazer.

A escuridão se move como um rio, em constante movimento, provocando seu centro de prazer, levando-a cada vez mais para perto do limiar.

— Vane — ela diz. — Goza dentro de mim.

— Como se você me dissesse o que fazer.

— Vane — ela geme novamente e a magia pulsa entre nós. Sinto Win se contrair em resposta, sua boceta se apertando em volta do meu pau.

Eu não gozo até que ela goze. Essa é a minha regra. Uma que nunca vou quebrar.

Direciono a escuridão ondulante sobre seu clitóris, cobrindo-a completamente. Neste momento, a magia e eu a possuímos, provocando-a até o limite.

— Goze para mim, Winnie Darling. Não me decepcione.

Ela geme, alto e curto.

E então seu corpo se tensiona sob o meu, o orgasmo tomando conta dela.

— Ai... Deus. — A palavra sai em um gemido ofegante.

Porra! Não existe arte, magia, poesia ou glória da natureza mais bela do que Winnie Darling gozando no meu pau.

Estou maravilhado com ela.

Estou consumido por ela.

A magia que compartilhamos se expande, a escuridão cintila pelo quarto, e eu estou sonhando o que nenhum homem jamais ousou sonhar.

Ela me tem.

Cada parte.

Coração, alma e cada desejo obscuro.

Eu sou dela.

E ela é minha, caralho!

Eu me encaixo nela, fazendo-a tomar cada centímetro de mim, exatamente como pediu.

E então me derramo dentro dela, preenchendo-a, toda a pressão saindo de mim.

Ela me observa sob os cílios longos e com olhos pesados.

E sorri quando o tremor percorre meu corpo.

— Adoro te ver gozar — ela me diz.

— Você é uma gulosa.

— Uma gulosa que adora porra de Garoto Perdido — ela completa.

Eu rio, inclino-me e a beijo. O beijo não tem o mesmo teor da transa. O beijo é desespero. Um rito religioso. O beijo diz: *Eu te venero, Winnie Darling.*

— Eu te amo — ela diz quando me afasto. — A cada dia, eu te amo mais do que no dia anterior.

— Você sabe que me apavora quando diz isso. — Rolo na cama e me deito ao lado dela.

— Sim, mas você nunca me diz por quê.

Não sou humano, e, agora que tem a sombra, Win também não é, mas eu já experimentei a dor de um coração partido pela perda...

Foi o mais perto que já me senti de ser mortal.

Morro de medo de perdê-la. Morro de medo de não ser bom o bastante. Morro de medo de que meu passado se repita.

Win desliza até mim, apoiando a cabeça no meu peito úmido, e eu passo o braço sobre ela, aninhando-a.

Não preciso explicar nada disso para ela. Sei que ela sabe. A sombra torna irritantemente difícil esconder coisas um do outro.

— Eu também te amo — sussurro, fechando os olhos e cheirando seu cabelo, sorvendo o cheiro dela.

Este momento é meu, mas não será por muito tempo.

O sol está se pondo, o que significa que Pan logo vai acordar, e consigo ouvir os gêmeos na cozinha preparando uma refeição para Win.

Mas vou aproveitar cada minuto que puder.

— O que a gente vai fazer hoje? — ela me pergunta.

Brinco com as pontas do cabelo dela.

— Pan quer verificar as terras.

Agora que as fadas e os Garotos Perdidos estão unidos, decidimos construir um novo castelo para todos. O terreno está sendo preparado e a construção começará em breve. Win resmunga.

— Eu queria fazer uma fogueira e uma festa.

— Pan vai dizer que não.

— Por isso *você* deveria sugerir.

Eu me ajeito no travesseiro para poder encontrar o olhar dela. Há uma mecha de cabelo sobre sua testa, que afasto com os dedos, e ela se inclina na minha direção, sempre faminta pelo meu toque.

— Ele me conhece bem demais para saber que eu jamais sugeriria uma festa.

Ela resmunga de novo.

— E se você for verificar o território com Pan enquanto eu, Kas e Bash fazemos uma festa?

— Você acha mesmo que Pan vai deixar você se embebedar com os gêmeos? Pense de novo.

Pan aprendeu a abrir mão de parte do controle sobre nossa Darling, mas há pontos em que nunca vai ceder. Ele é possessivo demais para permitir que ela se divirta fora do alcance de seu olhar atento.

Ele já perdeu muita coisa para se dar ao luxo de baixar a guarda. Todos nós já perdemos.

— Tá bom, então...

Ela é interrompida por uma batida na porta da frente.

Não recebemos muitas visitas ultimamente. Antes, Garotas Perdidas apareciam à nossa porta em busca de diversão, agora não mais. Não só temos a única mulher que realmente importa para nós, como Winnie Darling acabaria com qualquer pessoa que pensasse diferente.

Saio da cama e visto uma calça. Win já está de pé, colocando seu vestido um segundo depois.

— Estamos esperando alguém? — ela pergunta.

— Não que eu saiba.

Winnie me acompanha pelo corredor até o loft, onde a Árvore do Nunca brilha com a luz das pixies. Ouço vozes no saguão.

Kas e Bash estão à porta, sem camisa, com as asas recolhidas nas costas.

Há uma garota na soleira. Não a reconheço.

— Estou aqui para falar com Vane — ela diz aos gêmeos.

— Desculpe — diz Bash. — Vane está ocupado.

— E não está interessado — acrescenta Kas.

Eles começam a fechar a porta, mas a garota coloca o pé para impedir o movimento. Ela é rápida e corajosa.

— É importante — insiste.

— Duvido — diz Bash. — Tudo que importa está aqui, sob nosso teto. Então, se puder nos fazer o favor de cair fora...

— É sobre o irmão dele.

Win e eu nos entreolhamos.

Roc deixou a ilha pouco depois do Capitão Gancho. Pan proibiu seu retorno. Parece que meu irmão tentou matar Pan ou o ajudou a descobrir sua verdadeira forma ao matá-lo. Ainda não entendi os detalhes e, sinceramente, não estou nem aí.

Com a mão deslizando pelo corrimão, começo a descer, Winnie vem logo atrás. A sombra gosta quando ficamos perto um do outro. Frequentemente uso isso como desculpa para mantê-la por perto.

Quando me aproximo de Kas e Bash, eles saem da frente, revelando a garota à luz suave do começo da noite.

Se eu tivesse que adivinhar, diria que ela é da Terra Invernal. Tem o cabelo preto liso e olhos castanhos profundos, típicos do povo que chama os Alpes da Terra Invernal de lar.

Vestido apenas com uma calça, ela me observa dos pés à cabeça, subindo até o peito e, enfim, encarando meu rosto.

Estou acostumado a ver pessoas me encarando com lascívia. Sei da minha aparência. É irritante, para falar a verdade. Como se eu não fosse nada além de um corpo. Se alguém me olha tempo demais, já sei do seu caráter: superficial, estúpido, *patético*.

Mas o olhar da garota não é de desejo. É um interesse distante, curioso. Sem aquele brilho cru do desejo. É quase acadêmico.

Quase como se quisesse me prender a uma lâmina de laboratório e me estudar.

Talvez isso seja pior do que luxúria.

— Seja lá o que meu irmão fez — digo —, não tem nada a ver comigo. Seja lá o que veio me dizer, não me interessa.

Dou as costas para a garota, esperando que Winnie me acompanhe, mas ela não vem. Em vez disso, dá um passo à frente, depois outro.

— Como você conhece Roc? — ela pergunta à garota.

Paro sob a Árvore do Nunca. As pixies estão zunindo acima de mim, como se sentissem a tensão se intensificar.

— Não o conheço bem — responde a garota. — Acabei de conhecê-lo.

— Então por que veio em nome dele?

Ouço a garota inspirar. É uma daquelas respirações de preparo, que precedem uma revelação importante.

O número principal do show.

Volto a encará-la.

— Para ser sincera, estou aqui em nome da minha melhor amiga.

— E quem seria?

— Wendy — ela diz. — Wendy Darling.

4

VANE

Winnie está exigindo que a gente vá.

Está andando de um lado para o outro no loft, com a Sombra da Terra do Nunca enrolada ao seu redor. Sempre que está animada, estressada, agitada ou com raiva, a sombra reage, seguindo-a como uma capa feita de névoa.

Minha sombra nunca fez nada disso. Ela e eu sempre estivemos em desacordo. Não havia nenhum senso de colaboração entre nós. Eu persegui a sombra e reivindiquei sua mão ligeira para minha vingança. Ela estava faminta, então acabou aceitando. Mas tudo depois disso — depois que eu destruí a família real da Terra Soturna — foi carregado de conflitos.

Ela odiava estar na Terra do Nunca. A Terra do Nunca não era seu lar.

Mas essa Sombra da Morte reivindicou Winnie tanto quanto Winnie a reivindicou.

Elas foram feitas uma para a outra. Quando Win precisa da sombra, lá está ela. Quando a sombra precisa de algo, Win responde imediatamente.

Às vezes, eu me sinto como a terceira parte involuntária dessa relação simbiótica delas.

Não que eu vá reclamar. Winnie e a sombra me salvaram, e compartilhar isso significa que posso ficar de olho nela de um jeito que os outros não podem.

— Wendy Darling é minha tataravó — diz Winnie. — Quero conhecê-la. Eu deveria ter esse direito.

Pan está acordado. Os gêmeos estão aqui. A garota, Asha, está esperando nossa resposta do lado de fora, na varanda da frente.

Parece que Roc devorou algo que não deveria. Agora precisa de mim para consertar suas burradas.

Tenho minhas suspeitas sobre o que ele quer, mas não está comigo. Não posso ajudá-lo.

— Eu fui muito claro — diz Pan. — Gancho e Roc não têm permissão para entrarem nas minhas terras.

— Suas terras? — Win se vira para ele.

Peter Pan pode ser um deus, mas, quando Winnie Darling olha feio para ele, ele não passa de um homem.

— Vamos, Darling — diz Kas, passando o braço pela cintura de Win. Seu toque é gentil, levemente sedutor, mas percebo que ele está tentando impedi-la de atacar Pan.

Agora que Win tem a sombra, ela também tem direito à Terra do Nunca. Todos nós temos. Os gêmeos, Kas e Bash, possuem a Sombra da Vida da Terra do Nunca. Todos nós, igualmente, temos direito a estas terras.

Mas Peter Pan está aqui há mais tempo. Outrora rei da Terra do Nunca, às vezes ele gosta de dar umas "carteiradas". Win gosta de lembrá-lo de que o passado está no passado.

Agora, ela é a rainha ao lado do rei.

— Quero conhecer minha ancestral. — Win se desvencilha de Kas e coloca as mãos na cintura. — Lembra-se da Wendy Darling, Pan? Aquela que você abandonou na Terra do Sempre?

Pan fecha os olhos e respira fundo. Ninguém nesta ilha, nem mesmo eu, conseguiria se safar de metade das coisas que Winnie faz impunemente. Pan até pode fazê-la pagar por sua petulância no quarto, mas aqui, agora, a teimosia dela o fará ceder.

Eu já sei. Ele já sabe. Não sei por que ele ainda está enrolando.

— Está bem — ele diz enfim, pegando um copo de uísque e virando-o de um gole. — Vamos para o cais. Encontraremos Wendy. Veremos o que Roc quer. Mas depois eles vão embora.

Win cruza os braços sobre o peito:

— Está bem.

— Está bem — Pan repete.

Os dois se encaram por vários instantes. A tensão é tão forte que dá para cortar no ar. Quando eles ficam assim, estão a dois segundos de começarem uma gritaria um com o outro ou a dois segundos de começarem a transar loucamente. Mas não temos tempo para nenhuma das opções.

Eu me coloco entre ambos, dissipando a tensão.

— Vamos até o cais antes que seja tarde demais. Antes que meu irmão faça alguma besteira e tenhamos de matá-lo.

Pan solta um suspiro.

— Que tal simplesmente o matar e esquecer o resto?

Atrás de nós, Bash diz ao irmão:

— Ah, isso vai ser divertido.

— Ninguém vai matar ninguém — diz Winnie, avançando.

Ela até pode mandar na gente a torto e a direito, mas, quando se trata do Crocodilo, ela não terá voz ativa.

Winnie acha que nos conhece, acha que olhou para o abismo e teve dimensão de sua profundidade. Mas Roc e eu somos feitos de trevas que não podem ser domadas, e farei tudo o que estiver ao meu alcance para mantê-la longe disso.

5

WENDY

Asha está ao meu lado no convés de comando. A maior parte da tripulação nos abandonou assim que atracamos. O navio está silencioso. As docas da Terra do Nunca, em contrapartida, estão movimentadas. Nunca cheguei tão longe da casa da árvore desde que Peter Pan me sequestrou e me trouxe para a Terra do Nunca.

Será que sempre foi assim, cheia de vida, possibilidades e normalidade?

A Terra do Nunca sempre me pareceu um conto de fadas, como uma floresta selvagem com dentes. De onde estou, vejo a cidade se espalhando em todas as direções. As construções não são muito diferentes dos antigos prédios de madeira e estuque da Terra do Sempre, mas é evidente que a Terra do Nunca começou a se expandir e se remodelar. Entre as construções de madeira e estuque, há prédios de alvenaria recém-construídos.

A fumaça sobe das chaminés de barro, espalhando-se pelo céu cada vez mais escuro, e, pelas ruas da cidade, os lampiões dos postes são acesos, a luz dourada das chamas tremulando sobre os paralelepípedos.

O porto fica bem de frente para uma rua comercial onde, apesar do horário tardio, a maioria das lojas permanece aberta, vendendo comida, bebidas e mercadorias.

Eu estava com medo de voltar para cá. Não tenho boas lembranças daqui, mas ao ver esse lugar agora...

Respiro fundo e solto o ar, cruzando as mãos atrás das costas. Não tenho mais medo da Terra do Nunca. Não estou mais à mercê de Peter Pan nem de seus Garotos Perdidos.

A liberação repentina de toda essa ansiedade reprimida faz meus olhos arderem.

— Você sabe que pode se abrir comigo — diz Asha.

Ela voltou ao navio há cerca de vinte minutos com a notícia de que Pan, Vane e Winnie Darling estavam a caminho.

Estou vibrando de expectativa, consumida pela emoção. Engulo em seco, tentando conter as lágrimas.

— Não sei o que dizer. A Terra do Nunca foi apenas um piscar de olhos na minha história, mas teve um grande impacto sobre mim. Estar aqui novamente, ter a oportunidade de conhecer uma de minhas descendentes... é demais.

Asha segue meu olhar pelas ruas da cidade.

Lá embaixo, no cais, dois homens empurram carrinhos de mão cheios de caixotes. O feno se projeta por entre as ripas deles. Um gato tigrado laranja segue atrás do último homem, miando alto.

— Não tenho comida para você — diz ele ao gato, que parece não acreditar.

— E Peter Pan? — pergunta Asha.

Perco o fôlego e sinto um frio na barriga. Não de um jeito bom.

Durante todos aqueles longos meses na prisão e mais tarde no palácio da Terra do Sempre, odiei Roc e Gancho por não me resgatarem. Mas odiei Peter Pan ainda mais. Não porque ele me abandonou, mas porque ele me tirou do meu lar, arrastou-me para a magia e o mistério da Terra do Nunca, apresentou-me a Roc e a Gancho só para, em seguida, tirar tudo de mim.

Se não fosse por Pan, eu jamais os teria conhecido e meu coração nunca teria se partido em um milhão de pedaços.

Às vezes, quando estava deitada na minha cama no palácio, eu sonhava acordada, imaginando como teria sido minha vida sem Peter Pan e a maldição Darling. Tenho certeza de que teria sido tranquila, mundana, talvez até chata.

Eu teria preferido isso?

Quando estava desesperada para escapar, dizia a mim mesma que preferia.

Mas agora, aqui no navio de James Gancho, com minha melhor amiga ao meu lado, a poucos momentos de encontrar uma descendente que, em nosso reino, eu nunca teria tido a chance de conhecer, acho que talvez eu tenha sorte.

Sou quem sou hoje por causa de tudo o que aconteceu antes. Como poderia desejar que isso mudasse agora?

— Peter Pan — repito com um suspiro. — Acho que sou capaz de esfaqueá-lo se o vir hoje.

Asha puxa a adaga da bainha em seu quadril.

— Posso sugerir esta lâmina?

Olho para a arma e depois para ela. Nós duas rimos.

— O que você sabe sobre Pan? — pergunto.

Uma brisa marítima sopra os cabelos em seu rosto. Ela tem a maior parte deles presa para trás com um grampo. Esta é Asha preparada para lutar. Eu só vejo seu cabelo solto quando ela está relaxada, quando se sente segura.

— Caí na toca do coelho de Peter Pan em um verão nos Arquivos Sombrios. Tinha ouvido histórias sobre ele quando criança. Eram, sobretudo, contos de advertência sobre o fim de sua amizade com Tinker Bell. Contos sobre lealdade e traição.

A voz de Asha se prende à palavra "traição", e, embora ela nunca tenha dito muito sobre o que a levou a fugir de sua ilha natal, eu sempre soube, no fundo, que tinha algo a ver com traição.

— Os estudiosos nunca conseguiram chegar a um consenso sobre o que é Peter Pan. — Asha se vira para mim. — Você sabe?

Eu nego.

— Quaisquer que fossem os segredos que tinha, ele não estava disposto a compartilhá-los comigo.

— E agora sua descendente está aqui com ele. O que você acha disso?

O vento muda de direção novamente e sinto o cheiro de algo doce vindo da cidade.

— Estou preocupada de que ela não saiba no que se meteu. Mas, ao mesmo tempo, ainda me sinto a garota que eu era quando Pan me levou, e, se ainda sou uma garota, o que sei sobre protegê-la? E se eu estiver delirando? — Olho para Asha. — Ou, pior, e se ela não quiser nem saber de mim? E se olhar para mim e vir a mulher fraca que eu temo ser?

Asha passa o braço em volta da minha cintura, entrelaçando sua mão com a minha na parte inferior das minhas costas.

— Você não é fraca. Nunca foi. Essas foram as mentiras que te contaram. Porque quem conhece seu poder sabe que você é uma mulher que não pode ser controlada.

Eu me inclino para ela.

— De onde tira toda essa bravura? Você me surpreende a cada momento.

Ela solta um suspiro.

— Sei que sempre sou a pessoa mais inteligente na sala. Isso ajuda.

— Só pelos deuses! — Eu rio. — Eu te amo, Asha. Você nem imagina o quanto.

Ela aperta minha mão.

— Eu também te amo, Majestade.

— Não — eu a interrompo rapidamente. — Nunca mais. Sempre fomos iguais, você e eu. Ou talvez você fosse...

— Pare — Asha me corta, sabendo exatamente que eu terminaria essa frase em autodepreciação.

— Está bem, está bem. *Iguais*.

Ela concorda.

— E, como iguais, não há títulos. Eu sou apenas Wendy. Agora e para sempre.

— Bem, é um prazer conhecê-la, Wendy. Eu sou Asha.

— Prazer em conhecê-la, Asha. Tenho a sensação de que nos tornaremos amigas rapidamente.

Ela ri de novo. Fazia tempo que não tínhamos essa leveza entre nós. Na Terra do Sempre, estávamos sempre em alerta máximo, sempre nos preparando para uma traição, um golpe ou a eclosão de uma guerra.

Contemplo mais uma vez a cidade, a rua em frente ao nosso porto, e imediatamente meu coração congela.

Eu conheço aquele homem alto, loiro e de ombros largos. Ele assombra meus pesadelos.

— Peter Pan — suspiro. — Ele está aqui.

6

ROC

Ele está no salão de baile da Mansão Maddred.

A música reverbera ao longe. Uma violinista toca um novo arranjo de *Madame la Mort*. As notas são assombrosas. Fazem-no lembrar de sua mãe.

Havia duas versões de Anjelaka Maddred: melancólica e maníaca.

Se havia uma terceira versão dela, uma que sorria, contava segredos, dançava ou sentia alegria, ele jamais a conheceu.

Quando nasceu, ela era uma mulher de olhos vidrados e um coração de cinzas.

O ritmo da melodia se intensifica. É a batalha interior de *Madame la Mort*.

Viver ou morrer? Amar ou ser amado? Dar a vida por esse amor?

Ele segue em direção à música.

Desce o corredor e passa pelas molduras douradas da antiga nobreza. Depois, passa pela biblioteca, onde fica o piano de sua irmã; passa pela sala de fumo, pela sala de estar.

As portas duplas estão abertas para o jardim.

Uma sombra paira entre os arbustos, onde as sebes bem podadas formam um nó de ossos.

— Mãe? — ele chama.

Ela continua tocando, a corda do arco em movimento captando um reflexo do luar crescente. O jardim está silencioso. Há uma bruma no ar que rodopia em torno de seu corpo esguio.

Ele atravessa o jardim, vai até ela e estende a mão...

E ela se desintegra em cinzas.

Alguém ri atrás dele.

Ele se vira e dá de cara com a bruxa.

— Tão patético. — Ela bate palmas lentamente. Deliberadamente. — Jamais diria que você é um filhinho da mamãe.

Ele se recompõe.

A música continua no escuro, agora muito longe de seu alcance.

— O que você quer? — ele pergunta.

— Preciso que você venha aqui.

— Na casa da minha infância?

A bruxa o encara e não diz nada.

Presa em seu corpo, em sua mente, a bruxa é ainda mais perspicaz, mais demônio do que mulher. Seus dedos estão cobertos de tinta preta; seus dentes, manchados de vermelho. Ela usa um vestido preto sem silhueta, apenas contornos de sombra.

Seus olhos brilham, no entanto. Cheios de algo que ele só consegue descrever como *fome*.

— Não vou te levar para a Terra Soturna — ele diz.

— Então o farei devorar tudo o que mais ama.

Ela joga a cabeça para trás e ri.

Estou subitamente, dolorosamente acordado.

Primeiro escuto sua respiração.

O Capitão se mexe na poltrona. Ouço o barulho do tecido. O ruído de uma corrente de relógio.

Será que ele estava marcando o tempo para mim? O homem que se apavora com o tique-taque do relógio?

O brilho dourado da luz das velas ilumina o Capitão, mas de nada serve para esconder as olheiras inchadas que escurecem sua fisionomia.

Estou vagamente ciente da destruição que lhe causei, mas já sei que o preço foi alto demais.

Sinto um aperto repentino em minhas entranhas e imediatamente sei o que é: *culpa*.

Ignoro esse sentimento no mesmo instante.

A bruxa está lá, à espreita, pronta para explorar qualquer fraqueza; e culpa é uma emoção que não posso me permitir. Nem agora, nem nunca.

Os olhos do Capitão percorrem meu corpo e, por fim, pousam em meu rosto. Há certo distanciamento em seu olhar, como se estivesse perdido em pensamentos, e ele leva vários segundos para perceber que o estou encarando de volta.

Então se levanta da cadeira de um pulo, sacando a pistola do coldre. Sua mão treme um pouco. A respiração é superficial.

O navio balança e o Capitão se desequilibra. Prova de que está fora de si. Ninguém é mais adaptado aos caprichos do mar do que o Capitão James Gancho.

— É mesmo você? — pergunta ele, com um fiapo de voz trêmula.

Não me escapa o fato de que ele já está com a pistola engatilhada, pronto para atirar.

Não lhe digo que uma bala não pode me parar. Não lhe digo que só existe uma arma nas Sete Ilhas capaz de me matar e que ele não a tem. Acho que Smee tem, no entanto. De que outra forma ela teria ferido Vane?

Será que contou ao Capitão?

— Sou eu. — Fecho os olhos e respiro fundo. Meu coração está acelerado. Meu estômago, embrulhado.

Estou com dificuldade para diferenciar sonhos, pesadelos e horas de vigília.

Nunca sonho com minha mãe. Não mais. Mas o sonho foi tão real...

Minha mãe amava *Madame la Mort. Senhora Morte.*

Minha tia Roan costumava dizer que minha mãe saiu do ventre como uma "criança melancólica, obcecada pela escuridão, sempre flertando com monstros".

Será que ela sabia que Aaric Soren Maddred era um monstro quando se casou com ele? Será que ela sabia que também daria à luz monstros?

— Há quanto tempo estou inconsciente? — pergunto ao Capitão.

— Vários dias.

A pistola ainda paira entre nós.

O navio balança novamente, mas é a oscilação sem direção de um porto, não do mar.

— Terra do Nunca? — pergunto.

— Sim. — Ele finalmente desengatilha a pistola. — Estamos atracados. Asha foi até a casa da árvore.

Suspiro e esfrego os olhos, que estão ardendo. Parece que não dormi nada.

— O que você tem para beber?

O Capitão guarda a pistola e vira para um lado, depois para outro; enfim decide uma direção e vai até uma garrafa de rum pela metade. Ele serve uma boa dose em um copo de cristal lapidado e o traz para mim. Sua mão ainda treme. A bebida escura espirra lá dentro.

Encontro seus olhos.

— Eu te machuquei?

Ele pestaneja.

— Não.

— Wendy?

— Não.

Respiro aliviado. Graças a Deus, porra.

— Sua tripulação? — pergunto em seguida.

Ele contrai a mandíbula, mas não diz nada.

— Alguém com quem você se importa?

— Só pegue a bebida, Roc.

Não costumo acatar suas ordens, mas abro uma exceção agora, ciente de que estou pisando em ovos.

Pego o copo e me sento, virando-o de uma só vez.

Ahhh, agora, sim. Assim está melhor.

O álcool aquece minha garganta e engana um pouco a fome interminável que me corrói.

James retorna para a poltrona, um pouco da tensão desaparecendo de seu corpo. Ele parece incrivelmente cansado.

— Quantos?

Com a cabeça encostada na asa larga do encosto da poltrona, ele fecha os olhos e inspira pelo nariz.

— Seis. Chegamos ao porto por pouco. Estamos operando com uma tripulação bastante reduzida, e metade dos que sobraram querem nos jogar ao mar.

Dou risada, mas o Capitão se empertiga.

— Não tem graça!

— Bem, tem um pouco de graça. Você ao menos sabe nadar?

Ele me fulmina com o olhar.

— Claro que sei nadar!

— Não se preocupe, Capitão, eu te manterei flutuando.

Ele se levanta abruptamente, fazendo a cadeira balançar sobre as pernas de madeira.

— Nem cinco minutos consciente e já está me enchendo o saco.

— Cinco minutos? Então você está mesmo marcando o tempo.

James fica imóvel. Quis fazer outra brincadeira, mas a angústia em seu rosto diz que fui longe demais.

Ele está angustiado e, pelo visto, não é de hoje.

Tudo por minha causa.

Raramente falo sério. Não mais. Não desde que Lainey morreu.

Mas aquele olhar...

Como se fosse chorar.

— Quanto tempo? — eu lhe pergunto.

Ele contrai a mandíbula novamente e respira fundo.

— Você está... devorando a cada dez horas. — Xingo baixinho. — Então estamos com um problema?

— Não devemos nos transformar várias vezes em um dia. Uma transformação, uma refeição, deveria me deixar letárgico por pelo menos um dia, geralmente dois, e somos alertados para não devorar novamente por semanas, no mínimo. Meses seriam o ideal. — Encaro o Capitão. — Uma vez você me perguntou por que eu sempre ficava contando o tempo, por que simplesmente não me transformava e devorava ao meu bel-prazer.

— Eu lembro. — Ele engole em seco. — Você me disse que havia um custo.

— Sim. Não é apenas o período de recuperação, a vulnerabilidade de estar inconsciente. Muitas transformações e... — Afundo-me na cabeceira da cama e fecho os olhos. — Muitas transformações e chegará o dia em que não poderei mais voltar à forma original.

O silêncio fica pesado entre nós. Nunca contei esse segredo a ninguém. O que eu sou, o que Vane é, não somos deste reino. Ninguém nas Sete Ilhas teve que sofrer as consequências de uma transformação permanente. De um monstro que não pode ser detido.

Abro os olhos e encontro o Capitão me encarando.

A angústia voltou, mas agora é diferente, agora está tingida pelo medo.

— Não vou permitir que isso aconteça — diz ele, com a voz firme. — Como podemos resolver isso?

Tiro os lençóis emaranhados das pernas e apoio os pés no chão do navio. Aparentemente, estou nu. Menos mal.

— Roupas? — pergunto. O Capitão aponta com a cabeça para um armário e vou até ele, encontrando calças e uma camisa de botões. Começo a vestir a calça quando o quarto balança.

Eu não bebi tanto assim. Não deveria estar bêbado.

Meu estômago revira e um arrepio percorre minha espinha.

— Puta merda — pragueja o Capitão e cambaleia para trás.

Vejo meu reflexo no espelho sobre a pia.

Minha silhueta está se desintegrando em uma névoa do mais puro preto.

7

WENDY

Peter Pan vem pela rua do mercado rumo à luz dourada das docas. As pessoas passam apressadas por ele, de cabeça baixa, procurando se manter o mais distante possível.

Asha aperta minha mão com força.

— Estou contigo. Não importa o que aconteça.

— E se ele for mesmo um deus, como dizem os livros? — sussurro pelo canto da boca.

— Então, cairemos juntas tentando matar um deus. Será uma história épica. Baladas serão escritas sobre nosso feito.

Solto um suspiro, quase uma risada.

Peter Pan está à frente do grupo. Os demais vêm atrás dele, formando um v, como uma matilha de lobos em movimento.

Ele sempre foi o líder. Todos olhavam para Peter Pan em busca de permissão, aceitação ou respostas.

Eles atravessam a rua paralela ao cais do porto.

E então Peter Pan olha para cima e cruza seu olhar com o meu. Seus passos vacilam.

— Oh — diz Asha ao meu lado. — Você viu isso?

— Será que ele...

— Você o desarmou. — Asha aperta minha mão novamente antes de se afastar. — Isso é bom. Use a seu favor. — Ela põe as mãos no quadril, onde há uma adaga presa de cada lado.

Peter Pan para no meio da rua e os demais param ao lado dele.

E é então que eu a vejo.

Winnie Darling.

Asha suspira:

— Ela é a sua cara!

Sinto vontade de chorar de novo.

Asha não está errada. Winnie Darling tem o mesmo cabelo grosso e escuro. O dela é um pouco mais longo que o meu, e é selvagem e indomável. Mesmo estando no mar há vários dias, tendo escapado de uma guerra civil, é difícil abandonar velhos hábitos, e, todas as manhãs, eu penteio meu cabelo e o prendo em um coque, com cuidado para colocar cada grampo em seu lugar perfeito.

Ela também é mais magra do que eu — gente, será que estão dando comida para ela? —, mas há uma força na linha dos seus ombros que me lembra de Asha. Ela tem certeza de quem é e de qual é o seu lugar entre esses garotos selvagens.

Nada parece ter mudado nos Garotos Perdidos.

Vane está ao lado de Winnie e ainda tem a mesma aparência soturna e perigosa de que me lembrava.

Do outro lado de Pan estão os irmãos gêmeos. Provavelmente Kas e Bash, os príncipes fae. Eles não são do meu tempo. James me informou que eles se juntaram a Pan, guerrearam contra a irmã e recuperaram suas asas.

— Vou descer — digo a Asha.

— Tem certeza de que não quer que eles venham até você?

Se eu ficar mais tempo aqui esperando, tenho medo de ser jogada do tombadilho pela agitação que se revolve dentro de mim. Estou com muita energia acumulada e não quero estar trêmula e suando frio no meu primeiro encontro com minha descendente.

— Tenho certeza.

Asha me emprestou uma de suas calças de couro, mas o velho hábito de levantar as saias me pega de surpresa e percebo minhas mãos tateando as coxas. Viro-me rapidamente e sigo pelo tombadilho até a prancha de embarque.

Ver o mar agitado sob a prancha me faz duvidar dessa decisão. Não gosto de altura, muito menos de águas profundas e escuras, mas respiro fundo e desço o primeiro degrau, seguindo o padrão das tábuas sob meus pés para não escorregar da borda.

Assim que piso na pedra firme da rua do porto, eu me sinto melhor.

Você consegue, Wendy.

Não ligue para Peter Pan.

Ele não tem poder sobre você.

Dou um passo à frente, com os dentes cerrados.

Winnie pressiona a mão no peito de Pan, que para e olha para ela.

Seus lábios se movem, mas não consigo ouvir o que ela diz. Ainda estamos muito longe.

Pan faz uma cara feia para ela, que devolve a carranca e então aponta para ele, depois para mim.

Por fim, ele dá o braço a torcer. Pan e os Garotos Perdidos ficam para trás enquanto Winnie se aproxima sozinha.

Asha e eu nos entreolhamos.

— Acho que você não precisa se preocupar com ela — murmura Asha.

Será que Winnie Darling acabou de mandar Peter Pan ficar para trás?

Eu já amo essa garota, minha descendente distante.

E ver a maneira como ela se defendeu, como lidou com Pan com facilidade e sem brigar, me dá confiança.

Dou um passo à frente.

Ela acelera o passo.

Meu coração dispara e meu estômago embrulha.

Nós nos encontramos na beira da rua.

As pessoas do porto continuam trabalhando ao nosso redor, alheias ao peso deste momento e ao que ele significa.

— Oi — diz Winnie.

— Olá. — Estou me esforçando ao máximo para não cair em prantos.

Ela estende a mão. É pequena, seus dedos são delicados. As unhas estão pintadas de um tom vibrante de rosa. Há uma tatuagem na parte de baixo do punho.

Um beijo.

Pego sua mão. A dela é fria, firme. A minha está úmida e insegura.

Sofremos a mesma maldição e, ainda assim, encontramo-nos com destinos diferentes.

— Estou tão feliz por te conhecer — diz ela e sorri para mim. Ela é alguns centímetros mais baixa. Minúscula. Como um passarinho. Mas, ao mesmo tempo, é forte.

— Eu... eu... — Meus olhos estão marejados. Meu nariz queima.

Winnie franze o cenho e, de repente, está me abraçando, um abraço forte e apertado.

— Está tudo bem — ela me diz. — Você não precisa dizer nada. Estou tão feliz por você estar aqui.

Eu me entrego ao abraço, passando meus braços em volta dos ombros dela.

Eu queria mostrar força. Queria mostrar que não fui marcada por todos os anos que se passaram entre Pan e mim.

Mas a verdade é apenas uma.

Eu abraço Winnie Darling ferozmente e soluço de alívio.

Peter Pan e os Garotos Perdidos nos dão um momento a sós. Sou grata por isso.

Inspiro a fragrância de Winnie Darling e ela imediatamente me faz lembrar da casa da árvore. Amoras silvestres, tortas doces e a brisa salgada do oceano.

Esta menina é minha tataraneta e, ainda assim, em meus braços, tenho a sensação de que é uma irmã há muito perdida.

Quando soltamos o abraço, Asha está ao meu lado, com um lenço bordado na mão estendida.

— Obrigada. — Pego o lenço e seco o rosto. — Me desculpe. Eu disse a mim mesma que não iria chorar e cá estou, chorando.

Estou absurdamente aliviada por estar em qualquer outro lugar que não a Terra do Sempre.

Estou livre, mas também apavorada com essa liberdade.

— Pode chorar — diz Winnie, acariciando meu braço. — Pode gritar, delirar e até dançar, se quiser. Ninguém vai te julgar depois de tudo o que você passou.

Na doca ao lado, um carregador grita para seus empregados, orientando a disposição de bagagem e caixas. Ao longe, o farol pisca, o facho de luz girando e atravessando a escuridão crescente em direção ao mar.

Percebo uma movimentação além de Winnie e vejo Pan e os Garotos Perdidos vindo em nossa direção.

— Se o reencontro de vocês já acabou — diz Pan —, eu gostaria de saber por que diabos...

Eu passo por Winnie, vou direto até Peter Pan e lhe dou um tapa no rosto.

Um dos gêmeos, Bash, eu acho, não consegue se conter e solta um riso abafado, então ele se vira, tentando disfarçar sua reação. Kas olha feio para o irmão, repreendendo-o baixinho.

Vane fica parado, só observando.

Peter Pan praticamente nem se mexeu. É provável que tenha sentido apenas uma fração do impacto. Creio que minha mão não seja mais pesada do que uma brisa de maré.

Ah, mas a satisfação que eu sinto...

Seu peito se eleva com uma respiração profunda. Ele está se preparando.

Então olha para mim.

Meu coração martela sob minhas costelas.

Imagino que vá me jogar no mar.

Em vez disso, ele diz:

— É o mínimo que eu mereço por ter te largado na Terra do Sempre. Mas essa é a única retaliação que você vai conseguir. Entendeu, Wendy Darling?

Levo vários instantes para processar o que ele diz enquanto a adrenalina corre pelas minhas veias. Ele vai me deixar sair impune?

Definitivamente, não é o que eu esperava.

Invoco toda a bravata de que um dia precisei quando estava na Corte da Terra do Sempre. Assumo minha persona de rainha, concedo-lhe um breve aceno de cabeça e digo:

— Muito bem.

Vane coloca-se na frente de Pan, dominando meu campo de visão. Preciso dar um passo para trás. Esqueci como Pan e os Garotos Perdidos são altos. Os habitantes da Terra do Sempre são um povo muito menor. De constituição mais franzina, a maioria com menos de um metro e oitenta. Sinto como se tivesse entrado em uma terra de gigantes.

— Onde está Roc? — pergunta Vane.

— Ele está...

Então uma comoção eclode atrás de nós, no navio. Todos se viram e veem James correndo pelo convés, descendo a prancha.

— Está acontecendo de novo! — ele grita.

— O que está acontecendo? — pergunta Pan.

— Roc? — pergunta Vane.

— Ele virou... — começa James, mas, neste momento, o lado estibordo do navio explode em um milhão de destroços e uma sombra escura sai voando pela noite.

8

GANCHO

No cais, Peter Pan me intercepta.

— Aonde você pensa que vai?

Durante a maior parte da minha vida aqui na Terra do Nunca, fui consumido pelo desejo constante de destruir Peter Pan. Agora, aqui está ele, ao alcance do meu braço, perto o bastante para que eu possa estripá-lo com a ponta afiada do meu gancho.

Nada mais disso importa, porém.

Há somente uma necessidade urgente martelando em meu peito: preciso alcançar Roc.

— Ele vai devorar a cidade inteira se eu não chegar até ele.

Vane agarra o braço de Pan e o puxa de volta.

— Ele tem razão. Não temos tempo para essa merda. — Para mim, ele diz: — Por que ele deixou o tempo acabar? Não havia ninguém para ele se alimentar?

Wendy, Asha e eu nos entreolhamos.

— O quê? — pergunta Vane, percebendo nossa hesitação.

— É por isso que estamos aqui — diz Asha.

— Roc não está conseguindo controlar a transformação — acrescenta Wendy.

Não sei muito sobre o que Roc e Vane são — ele não tem sido muito direto sobre os detalhes —, mas posso dizer, pela expressão no rosto de Vane, que ele sabe muito bem o que isso significa.

— O que ele devorou? — pergunta.

— Uma bruxa — responde Wendy.

— Uma bruxa Criadora de Mitos — esclareço.

— Porra! — Vane gira em torno de si mesmo, a mão sobre os olhos, o maxilar contraído com um ranger de dentes. — Porra!

— Que tal jogar na roda? — Winnie coloca uma mecha de cabelo atrás da orelha enquanto o vento sopra no cais. — Por que isso é ruim?

— Sei por que ele veio aqui. — Vane abaixa a mão e começa a descer a rua do cais, forçando todos nós a correr atrás dele.

— Concordo com a Darling — diz Bash. — Quer tal compartilhar mais?

Vane segue o caminho que Roc tomou, em ritmo acelerado.

— Raramente temos controle quando devoramos e, às vezes, devoramos algo que não deveríamos. Há uma regra que devemos seguir: não devorar o poder.

No final da rua do porto, uma fileira de lojas leva ao coração da cidade e, mais além, gritos cortam o ar.

— Devorar o poder tem... — Vane faz uma pausa e se vira para Pan. — Tem suas consequências. Um dispositivo foi criado para compensar o erro.

— Que tipo de dispositivo? — pergunta Kas enquanto prende o cabelo para trás.

— Um chapéu.

Kas para o que está fazendo, com o coque apenas pela metade.

— Peraí... você disse *chapéu*?

— Sim, eu disse chapéu, porra. Os detalhes não importam.

— Claro que importam — rebate Bash. — Que tipo de chapéu é esse? Um boné de beisebol? Um chapéu de caubói? Um chapéu-coco?

— Mas que porra é um chapéu-coco? — Kas franze a testa para o irmão.

— Honestamente, não sei. Acabei de ouvir um mortal falando sobre eles. Imagino que seja um coco que se usa na cabeça.

Pan se vira para os gêmeos.

— Dá pra vocês dois calarem a boca?

Mais gritos ecoam pelo ar. A impaciência lateja em minhas têmporas.

— Você tem esse chapéu? — pergunto.

Vane meneia a cabeça.

— Não está na Terra do Nunca.

— Então onde está? — pergunta Wendy.

Vane desvia o olhar.

— Na Terra Soturna.

Droga! Viemos aqui para nada. Quanto tempo resta até que Roc não possa mais voltar à sua forma original?

Um tiro é disparado na esquina seguinte e uma multidão passa correndo pelo cruzamento.

— Eu posso ajudá-lo. — Entro na frente de Vane e Pan. — Já consegui convencê-lo a voltar à sua forma. Deixem-me ajudar.

— Ele tem razão. — Wendy se coloca ao meu lado. — Roc está se transformando rapidamente há dias. Sabemos como trazê-lo de volta.

Pan nos olha com uma expressão de desaprovação, mas logo cede quando outra bala é disparada.

— Está bem. Kas e Bash, voem em direção ao norte. Vane?

Vane já está seguindo o som da comoção.

— Deixa pra lá — murmura Pan. Para Winnie, ele diz: — Voe de volta para a casa da árvorc c fique lá.

— Boa tentativa. — Ela ri, irônica. — Eu não vou.

— Darling — Pan rosna.

— Nem venha com "Darling" para cima de mim — diz Winnie. — Você precisa de mim e da sombra.

Wendy olha para sua descendente com um novo ar de admiração e diz:

— Asha, Winnie e eu vamos até a próxima rua para tentar cercá-lo.

Pan não discute, então aparentemente as Darling detêm o poder agora. Não posso dizer que estou surpreso. Estou impressionado, no entanto. Louvável, meninas. Deveras louvável.

— E você, Gancho... — diz Pan.

— Não vou deixá-lo para você — digo a ele, arriscando meu pescoço e minha cabeça. — Vou atrás dele. Ele é meu monstro agora.

Algo muda na expressão de Pan. É quase imperceptível. Um lampejo de surpresa.

— Como queira, Gancho. — Pan estende o braço, gesticulando para que eu siga em frente. — Não deixe que eu te impeça.

Até agora, Roc não me machucou. Toda vez que se aproximou, ele voltou a si.

Espero que esta não seja a primeira vez que ele prove que estou errado.

Todos nos dispersamos pelas ruas da cidade. Viro no beco mais próximo, seguindo o som da destruição dois quarteirões adiante. Uma mulher sai correndo de uma taverna carregando uma galinha e uma sacola. Ela quase esbarra em mim.

— Saiam da frente! — ela grita, e a galinha cacareja em seus braços.

No quarteirão seguinte, atrás de uma fileira de lojas, uma porta se abre e três jovens saem correndo, gritando uns com os outros em uma língua de consoantes ríspidas e erres arrastados.

Continuo em frente, com toda cautela.

Ouço o barulho de vidros quebrando no prédio ao lado e, à minha frente, um homem salta por uma janela aberta. Seu joelho não aguenta o impacto e ele cai de lado no paralelepípedo antes de se levantar de quatro e passar correndo por mim.

Espio pela janela aberta. É uma marcenaria com várias peças de maquinário grande para tornear fusos e lixar tábuas. Uma sombra passa rapidamente pela janela. Uma mesa é derrubada. Vou até a porta dos fundos e tento a trava, mas ela está trancada por dentro.

Apoio minha mão boa no parapeito desgastado da janela e enfio a cabeça lá dentro.

— Roc — chamo calmamente, baixinho para não o assustar.

Aí está a sombra mais uma vez. Uma cadeira bamboleia nas pernas traseiras antes de cair no chão.

— Roc. Sou eu... *James*.

Sua forma escura e sombria passa voando por mim através da janela, salta o prédio seguinte antes de voar para o próximo cruzamento.

— Roc!

Corro atrás dele, que dispara para a esquerda, em direção ao mar.

— Roc. Pare!

Mais gritos. Chego ao cruzamento e vários cidadãos em fuga se chocam contra mim. Meu gancho prende na blusa de uma mulher, e ela para com o puxão. Olha para o meu gancho, depois para mim, e então solta um grito ensurdecedor na minha cara, como se eu fosse matá la.

— Se você ficar parada...

Ela continua gritando, as bochechas redondas coradas de pânico e adrenalina.

— Senhorita, por favor... — Ela me dá um tapa. Continua gritando.

Consigo me desenroscar e, uma vez livre, ela dispara como uma corça assustada.

— Céus — murmuro, com a bochecha ardendo, e volto a correr atrás de Roc.

A rua desce, delimitada de um lado por um armazém e do outro por casas de pedra e madeira. No sopé da colina, agora livre do porto, o mar lambe a areia da praia. Grandes afloramentos rochosos margeiam a alcova, criando uma praia particular para a fileira de casas acima.

Avisto Roc do outro lado da praia, em forma humana.

Exalo um suspiro de alívio indescritível.

Ele está com as costas apoiadas em uma pedra e há algo se movendo em seu colo.

É um gatinho?

— Maldição! — Corro pela praia. Minhas botas afundam na areia, dificultando meu progresso.

Roc olha para mim e me vê cambaleando em sua direção.

— Capitão — ele me chama e sorri. Está todo ensanguentado, com a camisa rasgada.

— Me dá o gatinho! — eu grito, com o coração batendo forte nos ouvidos.

Roc puxa a bolinha de pelos para perto de seu peito e lhe coça as orelhas.

— Por quê? É uma fera que eu não conheço?

— Não. Mas você vai... você... Roc, me dá o gatinho antes que você acabe comendo o bichinho! — Paro na frente dele, espalhando areia.

Roc fecha a cara para mim, espanando a areia da calça.

— Você realmente pensa tão mal assim de mim?

O gato se esfrega em seu queixo, ronronando alto. Ele nem sequer tem o tamanho da mão de Roc, seus olhos são grandes, redondos e de um âmbar brilhante. Não deve ter mais do que um mês e meio ou dois.

— Você me culpa por ser cauteloso? Quantas pessoas você acabou de devorar?

Há uma mancha de sangue em seu rosto e respingos na camisa rasgada.

— Não me faça contar meus pecados, Capitão.

— Então! Não preciso dizer mais nada.

Ele segura o gatinho na mão esquerda e o ergue diante de si, olhando-o nos olhos.

— Não dê ouvidos a ele. Eu jamais te comeria.

— Já temos problemas suficientes — suspiro. — Solte o gatinho.

— Está bem, está bem. — Roc coloca o gatinho na areia e se levanta lentamente. — Não fique tão mal-humorado, Capitão. Foi uma mudança rápida. Agora que estamos na Terra do Nunca, Vane vai me dar o...

— Não está com ele.

Roc para.

— O chapéu?

— Não está aqui.

Não há emoção no rosto de Roc, mas o brilho em seus olhos verdes me diz o suficiente. Ele está com medo.

— Onde está?

— Ele disse que está na Terra Soturna.

Roc se vira, com as mãos no quadril e a cabeça baixa. Seus ombros se erguem com uma respiração profunda e, inconscientemente, dou um passo para trás, inseguro quanto ao seu estado de espírito.

Esse tal chapéu era sua tábua de salvação, e agora estamos ainda mais longe dele. Levaremos pelo menos seis dias para chegar à Terra Soturna. E acho que nem tenho tripulação suficiente para fazer essa viagem.

— Não posso ir à Terra Soturna — diz ele, ainda de costas para mim.

— Sei que é uma viagem longa, mas...

Roc se vira para mim.

— A bruxa quer que eu vá para lá.

Esta é a primeira vez que Roc fala diretamente sobre a bruxa. Quando ele se transformou pela primeira vez no meu navio, depois que escapamos da Terra do Sempre, achei mesmo que tinha visto o rosto dela na névoa escura. Pensei que fosse minha mente me pregando peças. Afinal, a bruxa era um espectro do meu passado, uma lembrança do pesadelo que meu pai havia feito comigo. Pensei que talvez o rosto dela ainda estivesse me assombrando.

Mas não, se ela está falando com Roc, se tem algum tipo de forma dentro do monstro dele, então não está morta. Não é apenas o poder dela que está prejudicando Roc; ela também está.

— Por que ela quer que você volte?

— Eu não sei. — Ele começa a atravessar a praia. O gatinho mia para ele e o segue. — Ela me mostrou a casa da minha infância e me disse para voltar. Eu recusei. Com a linhagem Remaldi quase extinta, a sucessão da Terra Soturna provavelmente está mergulhada em caos e eu... — Ele se interrompe no meio da frase e para no limite da praia com a estrada.

— Você o quê?

— Não é um bom momento para eu voltar.

— Por quê?

O gatinho se senta sobre as patas traseiras e apoia as dianteiras nas calças de Roc, que se abaixa para pegá-lo e o coloca no ombro, como um papagaio de pirata.

— Acho que vamos ficar com o gatinho.

— Não — digo, aborrecido —, não vamos ficar com o gatinho.

— Como você pode rejeitar uma criatura tão adorável?

— Gatos são feras.

Roc mostra os dentes para mim.

— E? Nós dois sabemos que você ama feras.

— Eles têm garras. Garras estragam tudo.

Roc olha para o gatinho, com o rosto a poucos centímetros dele.

— Ele vai mudar de ideia — diz ao gato e começa a subir a colina.

— Roc.

Ele continua andando.

— Gatos não são permitidos no meu navio!

Mas o gato permanece grudado em seu ombro enquanto Roc continua subindo a rua, e não sei se tenho energia para me opor a ele.

— Cacete — murmuro. — Acho que temos um gato, porra.

9

VANE

A CARNIFICINA TOMOU CONTA DA CIDADE. PARECE QUE FUI transportado de volta à Terra Soturna, quando Roc e eu abraçávamos nossas feras. Quando estávamos sempre prontos para devorar qualquer coisa e qualquer um que se interpusesse em nosso caminho. Naquela época, não tínhamos nada a perder. E definitivamente não estávamos preocupados com as consequências.

Agora tenho o que proteger. Agora tenho uma vida da qual realmente gosto.

Viro a esquina da marcenaria e dou de cara com meu irmão.

A visão dele também é uma lembrança distante do que éramos juntos.

Suas roupas estão rasgadas. O rosto, ensanguentado. Mas ele está de pé, consciente. Outra indicação de que, seja lá o que estiver acontecendo com ele, não está certo. Normalmente, depois de uma devoração, ficamos inconscientes por horas, às vezes dias. Ele não deveria estar de pé.

Gancho está ao lado dele, tenso, pronto para lutar comigo.

E, no ombro de Roc, há um gatinho laranja miando alto para mim.

— Meu irmão — diz Roc.

Há uma dúzia de coisas que quero dizer a ele. Palavras que nunca tive forças para expressar.

Ele veio algumas vezes à Terra do Nunca desde que deixei nossa ilha, mas nunca mais fomos tão próximos quanto éramos quando governávamos o Umbrage na Terra Soturna. Antes de Lainey.

A morte da nossa irmã quebrou algo entre nós.

Às vezes, quando me permito o luto, lamento a perda do meu irmão tanto quanto a da minha irmã.

— Preciso falar com você — diz Roc.

— Eu sei.

— Fique com ele. — Roc entrega o gatinho para Gancho.

— O quê... — O gatinho pousa no colo do Capitão e então agarra o gancho preso ao seu braço, como se fosse um brinquedo. — O que eu faço com ele?

— Carinho, Capitão.

Roc começa a descer o beco mais próximo e desaparece por uma porta aberta que leva aos fundos de uma padaria. Todos abandonaram seus postos de trabalho depois que seu monstro arrasou a cidade, então não encontramos resistência à nossa intrusão.

Ele atravessa a cozinha e passa por baixo do arco que leva à loja na parte da frente da padaria. Há uma vitrine cheia de quitutes frescos, recém-assados, e várias cúpulas de vidro no balcão exibem bolos e tortas. Na frente do balcão, há algumas mesas redondas.

Roc levanta uma das cúpulas e pega dois croissants de chocolate, depois se joga em uma cadeira perto da janela da frente.

Com o fim da violência, alguns moradores começam a deixar seus esconderijos e saem para a rua. Dois homens de macacão passam apressados, suas vozes ecoando pela porta da frente, entreaberta. Reclamam que Peter Pan está trazendo mais problemas para a ilha.

Eu me jogo na cadeira em frente ao meu irmão enquanto ele morde um croissant. A massa folhada estala entre seus dentes.

— No que você se meteu, Roc? — pergunto.

Ele estica as longas pernas.

— Preciso do chapéu.

— Eu não estou com o chapéu.

Ele usa o indicador para pegar um pedaço de chocolate derretido na ponta da massa e, em seguida, lambe o dedo.

— E por que você o deixou na Terra Soturna?

— Com a sombra, não consigo devorar. Eu não precisava dele.

— Mmm. — Ele assente e dá outra mordida. Então olha para fora, para uma mulher pegando a cesta que havia abandonado na rua quando fugiu da cena de destruição de Roc.

— Por que devorou uma bruxa, para começo de conversa? Você sabe das regras, caralho.

— Eu estava puto.

Eu bufo. Na Terra Soturna, nós éramos conhecidos como os Irmãos Madd. Uma abreviação do nosso sobrenome e uma descrição adequada para nossa família e o que somos ou o que podemos nos tornar se não tomarmos cuidado.

Maddred, Madd, Mad, Maluco.

— Não consigo controlar — Roc admite. — Está piorando.

O primeiro croissant acabou. Ele está evitando olhar para mim. Meu irmão não gosta de pedir ajuda. Acho que, desde que me entendo por gente, ele nunca pediu um favor. Nem de mim, nem de ninguém.

Levanto-me e vou até a cozinha da padaria. Há um conjunto de facas perto da bancada e pego uma lâmina longa e afiada.

Em uma prateleira acima, encontro uma fileira de xícaras de chá brancas e pego uma delas também.

Quando volto para a frente, Roc olha para mim. Ao ver o brilho da lâmina, ele fecha a cara.

— Eu não quero o seu sangue.

— Você vai pegar e vai calar a boca.

Coloco a xícara de chá diante dele, pressiono a lâmina afiada no meu punho e puxo. A sombra sibila para mim e se afasta de Winnie, avançando em minha direção. Ela não se comunica muito comigo, mas a sensação que tenho quando seu poder inunda minhas veias é de que está falando: *O que você pensa que está fazendo?*

Sinto Winnie parando onde quer que esteja na cidade.

Estou bem, digo a ela, e a preocupação desaparece.

O primeiro corte da faca não passa de um arranhão. A lâmina é comum, apenas aço da Terra Invernal, não é mágica o suficiente para causar dano real. Puxo novamente e pressiono com mais força.

Minha pele enfim se rompe e uma gota de sangue brota. Seguro o ferimento sobre a xícara.

O fluxo de sangue é lento; o corte não é grande o suficiente.

Ouço o tique-taque do relógio acima do balcão atrás de nós. Um tique-taque lento que desperta memórias sombrias e desejos ainda mais obscuros.

Não viro um monstro há anos, desde que cacei e reivindiquei a Sombra da Terra Soturna. Às vezes, o que eu era antes, as atrocidades que fiz, parece tudo um sonho febril.

Quando há um fio de sangue na xícara, Roc a agarra e rapidamente o engole.

Ele não queria, mas sei que precisa.

Então, ele se afunda na cadeira, com os olhos fechados.

Nosso sangue deve ser bebido somente em situações extremas, quando precisamos urgentemente estabilizar o monstro. Apenas em emergências, quando nada mais funciona.

Foi o sangue de Roc que me ajudou a superar a primeira fase da reivindicação da Sombra da Terra Soturna. Quando ela resistiu à dominação e lutou contra mim, quando me rasgou por dentro, deixando três marcas sangrentas de garras sobre meu olho. Meu monstro não gostou da sombra, e a sombra não gostou do meu monstro. Passei a primeira noite na cama, contorcendo-me contra a guerra interior deles, suando nas roupas, com uma dor lancinante em meus ossos.

— Melhor? — pergunto a Roc, voltando para a cadeira à sua frente.

Ele abre os olhos de repente e suas íris queimam em um tom de verde brilhante.

— Melhor.

Roc e eu já nos vimos em nossos piores momentos. Essa é a única constante em nosso relacionamento. Nunca viramos as costas um para o outro quando nossa escuridão mostra suas manchas.

— Você não pode ficar aqui — eu lhe digo. — Peter Pan...

— Não quero ficar aqui. A utilidade da Terra do Nunca já se esgotou.

O tempo continua correndo.

— O que você vai fazer?

— Tenho que ir para a Terra Soturna. — Ele me encara. — Você vem comigo?

— Não.

— Vane.

— Não. Eu não vou para a Terra Soturna.

Roc se inclina para a frente, com o cotovelo apoiado na mesa. Ele está sério agora. Raramente fica sério. Linhas finas aparecem ao redor de seus olhos enquanto ele franze a testa para mim, com os ombros curvados.

— Algo está errado.

— Não diga.

— Não a bruxa. Não é isso.

Não vou admitir, mas ele me deixou um pouco intrigado.

— O que é então?

— Os Criadores de Mitos.

— A Sociedade Secreta da Terra Perdida?

— Sim.

Fico mais ereto.

— Prossiga.

— Encontrei uma marca dos Mitos nas costas do trono fae e outra na parte de trás da cama do rei na Terra do Sempre.

Roc é conhecido por exagerar histórias pelo bem da narrativa. Mas não mentimos sobre assuntos tão sérios quanto as Sociedades Secretas das Sete Ilhas. Somos parte de uma. Nós dois sabemos que essa merda é coisa muito séria.

— E a bruxa que você devorou...

— Ela disse ao Capitão que um novo Mito governa o Conselho dos Sete e que há planos em andamento.

— Que tipo de planos?

— Eu não sei e ela não vai me contar.

— Claro que não. — Eu me largo de volta na cadeira. — Isso não é bom.

— Agora você sabe por que preciso daquele chapéu. Eu acho... — Ele para de falar e olha pela janela novamente quando Wendy, Winnie e Asha aparecem na rua. Elas nos veem através do vidro e se aproximam.

Roc abaixa a voz e fala depressa:

— Acho que a bruxa planeja me usar. Pense nisso. Os Lorne estão mortos. Os Remaldi estão mortos. A linha de sucessão da Terra Soturna está quebrada. Entendeu o que estou dizendo?

— A linhagem da nossa mãe...

— Sim.

A porta é aberta e o sino toca. Wendy é a primeira a passar, seguida por Winnie e Asha.

— Onde está James? — pergunta Wendy.

— Brincando com um gatinho — responde Roc.

— O quê? — Ela parece um pouco confusa com a notícia.

Roc olha para mim. Sempre fomos capazes de nos comunicar sem usar palavras. Não somos gêmeos; há três anos de diferença entre nós. Mas monstros ligados pelo sangue podem falar qualquer língua, até mesmo a língua do silêncio.

Levanto-me e dirijo-me a Winnie.

— Vou para a Terra Soturna.

— Você... o quê? — ela diz, um pouco rápido demais, um pouco estridente.

— Roc precisa de mim.

Ela olha para mim e para meu irmão, depois para Wendy.

— Você também vai? — pergunta à ancestral.

— Sim, claro. Não vou deixar Roc nem James.

Winnie endireita os ombros. O poder da sombra se intensifica entre nós, consciente da firmeza de Win.

— Então eu também vou.

— De jeito nenhum.

— Você não pode me impedir.

— Se eu não puder, então Pan impedirá.

— Ele também não pode me impedir.

A sombra pulsa como um campo energético. Ela gosta quando brigamos, porque nossas brigas são sempre seguidas por nossas trepadas. E, quando estamos juntos, sem ar, sem espaço entre nós, a sombra está verdadeiramente inteira.

Wendy se coloca entre nós dois, de costas para Winnie. Faz séculos desde que a vi pela última vez, mas nada nela mudou. O mesmo cabelo escuro, os mesmos olhos grandes e redondos. Quando Pan a trouxe para a Terra do Nunca, ela era uma criatura dócil. Assustada por uma tempestade. Desconfiada de uma sombra. Ainda há alguma relutância nela, mas posso sentir uma nova resolução percorrendo sua espinha.

— Eu quero que ela venha — ela me diz.

— Você não tem querer nessa questão — eu a lembro.

Winnie se aproxima, de modo que agora estou encurralado por duas mulheres Darling. Como se uma não bastasse...

— Eu vou. — Winnie cruza os braços sobre o peito. Atrás de mim, Roc dá risada.

— Você já deve saber, irmão, que é um esforço inútil discutir com uma Darling.

A Sombra da Terra do Nunca parece ecoar tais palavras. Posso senti-la rindo de mim. Essa filha da mãe.

— Tudo bem — eu digo, e os ombros de Winnie caem de alívio. — Mas você seguirá minhas ordens. Não andará por aí sozinha. E mencionei que irá me obedecer?

Ela joga o quadril em minha direção enquanto a energia da sombra reverbera.

— É claro, Sombrio. Obedecerei a cada palavra. — Winnie sorri inocentemente para mim.

— Não temos tempo para isso. — Roc ri, sarcástico. — Vocês dois têm malas para fazer e eu tenho um Capitão para encontrar.

— Asha e eu vamos ajudar — diz Wendy.

— Nos encontramos no cais em uma hora? — Roc me pergunta.

— Em duas. Terei de convencer Pan.

Roc concorda.

— Não te invejo por isso, irmãozinho.

Então ele me dá um tapinha nas costas e desaparece pela porta dos fundos com Wendy e Asha a reboque.

10

WENDY

Como foi Roc quem fez um buraco na lateral do navio de James, ele precisou nos garantir uma nova embarcação. Fretamos um navio com uma tripulação maior e acomodações ainda melhores. A comissária-chefe, uma mulher com o dobro do meu tamanho, uma longa trança preta e unhas vermelhas e brilhantes, conduz-me até meu quarto no convés inferior enquanto esperamos por Winnie e Vane.

Ela se apresenta como Maggie e elogia minhas calças.

— Na verdade, são emprestadas — eu lhe digo. — Eu costumava passar meus dias em vestidos enormes e era...

Paramos em um cruzamento dos corredores estreitos. Maggie está atenta, com os olhos castanho-escuros fixos em mim como se realmente estivesse me ouvindo. Que sensação estranha é sentir que alguém está interessado na minha resposta pela resposta em si, e não por estar fingindo interesse para poder obter favores da corte.

— E era o quê? — ela me incita a continuar.

— Insuportável — eu admito.

— Ahh. Bem, calças combinam contigo. Dá para ver que você se sente dona de si com elas.

Observo o couro que abraça minhas coxas. Embora sejam as calças de Asha e muito parecidas com as de uma aspirante a assassina, o que eu não sou, acho que Maggie pode estar certa. Eu me sinto mais dona de mim.

— Agradeço sua honestidade e sua gentileza.

— Sempre um prazer. — Ela me dá uma piscadinha e continua pelo corredor. — Aqui vamos nós. — Ela abre a terceira porta à direita com uma pequena chave de metal.

— Este é o Quarto dos Lírios. Pela decoração, você deve ter percebido por que o chamamos assim.

O quarto é grande para os padrões de um navio, com uma cama queen-size forrada com um edredom grosso, no qual há pequenos lírios bordados. As cortinas são de um tecido branco transparente que imagino que deve ondular com a brisa do mar quando a escotilha da janela está aberta.

Há uma poltrona no canto, estofada com um sofisticado veludo azul-índigo. E, ao lado dela, há uma porta que leva a um pequeno banheiro adjacente.

— Se precisar de qualquer coisa — explica Maggie —, é só pedir para mim ou para meu assistente, Quin. Ele usa um casaco vermelho que indica sua posição no navio. É o único com esse casaco, então não tem como errar.

— Certo. Entendido.

— Qualquer dúvida no nível do convés, pergunte ao Sr. Kepler, o marinheiro de convés. Ele parece um pescador velho e rabugento, mas até que é simpático. — Maggie sorri. — Mas, se quer meu conselho, não mencione a Tempestade de Howel. Ele tem umas sete histórias diferentes sobre essa tempestade, e você nunca mais escapará dele.

Eu dou risada.

— Anotado.

— Fora isso, ficaremos fora do seu caminho. Este navio é de vocês enquanto estiverem a bordo.

Com um aceno de cabeça, ela me entrega a chave do quarto e se retira.

Eu giro em torno de mim mesma, observando o restante do quarto. Há alguns ganchos na parede ao lado de uma pequena escrivaninha e uma mesa lateral ao lado da cama, com um relógio e um abajur.

É aconchegante e convidativo. Com que recursos Roc conseguiu pagar por isso, eu jamais saberei.

Guardo a chave no bolso da calça, saio do quarto e dou de cara com Roc. Os corredores do navio são estreitos até para os meus padrões, e os ombros dele quase tocam as paredes de ambos os lados.

— Majestade — ele me cumprimenta.

— Pare com isso.

— Só quando eu quiser. — Ele sorri para mim, os olhos brilhando como se estivesse sugerindo algo completamente diferente.

— Você parece melhor.

— É o sangue de Vane. Me estabiliza.

— É uma solução em longo prazo?

— Nem um pouco.

— Ah. Bem...

Por que fico tão sem jeito perto dele?

Roc me deixa nervosa. Tenho vontade de sair correndo pela prancha, mergulhar no oceano escuro e gritar para o vazio.

Não é fácil desejar Roc. E, no entanto, é a emoção mais primitiva que já senti. Minha atração por ele é como uma semente plantada há muito tempo, agora em plena floração. Uma coisa selvagem, frondosa, com raízes profundas.

— Que bom que você está se sentindo melhor. Fico feliz. — Eu me viro e começo a me afastar.

— Aonde você está indo? — ele pergunta atrás de mim.

— Para o convés superior.

— Está na direção errada.

Paro no final do corredor e vejo uma placa dourada presa na parede com os dizeres SALÃO DE JANTAR e uma seta indicando a direita.

Eu volto.

Roc está encostado na parede, com as pernas e os braços cruzados, tal e qual um deus trapaceiro de um conto de fadas sombrio.

Meu coração dispara.

Ele aponta na direção oposta.

— Por aqui.

Sigo na direção indicada, passando rapidamente por ele, que agarra meu braço e me obriga a parar.

Em um piscar de olhos, Roc me pressiona contra a parede oposta, seu corpo contra o meu.

Nossa diferença de altura deixa a tatuagem em seu pescoço, a boca aberta de um crocodilo, bem na minha linha de visão.

Engulo em seco e tenho certeza de que ele pôde ouvir. Meu coração martela forte em meus ouvidos.

Desde que ele e James chegaram à Terra do Sempre, só estivemos juntos uma vez, e, desde então, eu não parei de repetir aquela noite na minha cabeça, sentindo um frio na barriga e um calor entre minhas pernas. Eu desejo os dois de maneiras diferentes, por razões diferentes, mas não sabia se haveria mais.

Roc e eu nunca fomos parecidos. Ele sempre foi como vidro afiado em minha carne macia. Não sei se algum dia nos encaixaremos de um jeito que não seja sangrento e confuso. E, embora o relacionamento dele com James às vezes possa ser tão problemático quanto, os dois parecem ter um entendimento entre si. Uma proximidade que talvez eu nunca alcance. Tenho ciúmes dos dois. Percebo o tempo que tiveram sem mim, todos os minutos e os dias somando uma quantia de tempo juntos que eu jamais poderei igualar.

Eu não pretendia ter uma conversa séria com ele sobre nada disso. Não agora. Não enquanto ele guerreia com seu próprio monstro. Mas as palavras saem sem serem solicitadas.

— Eu queria te dizer... que se você ama mais James... se prefere ficar mais com ele do que comigo, eu não vou...

Suas mãos tomam conta do meu corpo — uma envolvendo meu pescoço, a outra puxando meu quadril — e, então, ele se abaixa e me beija.

Não é um beijo casto, mas também não é sensual. O jeito que sua boca provoca a minha é como outro truque, como se a qualquer momento ele pudesse escapar.

De olhos fechados, eu me inclino para ele, faminta por mais, qualquer quantidade que ele me dê, mesmo que isso acabe comigo.

Sua língua encontra a minha, uma carícia suave. Então ele morde meu lábio inferior e toma conta da minha boca.

— Quer que eu te mostre, Wendy Darling?

— Foi para isso que você veio aqui?

— Eu não tinha feito plano algum. Não tinha segunda intenção. — Seus dedos acariciam minha bochecha. Eu estremeço por inteira com seu toque.

— Não quero que me dê atenção por pena — eu lhe digo, mas as palavras saem carentes, cheias de desejo.

— Deixe-me mostrar o que sinto por você, Wendy Darling. — Sua mão afunda na minha coxa e depois sobe de volta, lenta, dolorosamente lenta, até a junção entre minha coxa e meu centro.

Eu suspiro com um chiado.

— Só você e eu — ele continua roçando os dedos em minha boceta e então os retira com a mesma rapidez. — Se vamos fazer isso, nós três, quero deixar explicitamente claro que vocês dois me têm por igual. Eu gosto de compartilhar. É o que mais gosto no mundo. Quero o pau do Capitão na minha boca e meu pau na sua boceta, e quero ouvir vocês dois gemendo enquanto gozam para mim. — Seu toque sobe cada vez mais, o polegar roçando meu mamilo duro. — Não tenho tempo para ciúmes. E muito menos para *pena*.

Ele dá um passo para trás, e a ausência repentina do seu corpo e do seu toque me faz tropeçar para a frente, abrindo os olhos repentinamente.

Roc está encostado na parede de novo, sorrindo para mim com um lampejo dos incisivos afiados.

— Entendido?

Engulo em seco novamente, meu corpo ansiando por ele, minha respiração ofegante.

— Entendido.

— Ótimo.

Então escuto um miado.

É o gatinho que, pelo jeito, Roc adotou.

— Foguinho — ele diz, pegando o gato. — Eu estava mesmo me perguntando onde você tinha se metido. — Ele acaricia o queixo do gato, que fecha os olhos, aninhando-se em seu toque. — Venha, minha querida Darling. Fui informado de que estamos prestes a zarpar e o jantar será servido em cerca de uma hora. O que não poderia ser mais conveniente, pois estou faminto. E, se eu for comer sua boceta mais tarde, vou precisar de toda energia que puder acumular.

Com Foguinho no colo, Roc se vira em direção aos conveses superiores, derretendo-se todo para o gato enquanto caminha.

Estamos todos no salão de jantar a estibordo; faz somente uma hora e meia que estamos no mar. Mal posso crer que, em questão de poucos dias, eu abandonei minha coroa, reencontrei--me com James e Roc, voltei à Terra do Nunca e conheci minha descendente da família Darling.

Observo Winnie do outro lado da mesa de jantar. Ela está sentada entre Vane e Asha, mas sua cadeira está centímetros mais perto de Vane. Tão perto que imagino que seus joelhos estão se tocando embaixo da mesa. Tento não os encarar, mas é difícil não sentir curiosidade e até mesmo um pouco de inveja. Há uma naturalidade entre os dois que me é desconhecida. Quando eu estava na Terra do Nunca, tudo em Vane era rude e áspero. Era mais provável que ele me oferecesse uma carranca do que uma palavra gentil, então sempre mantive distância dele.

Quando soube que seu irmão estava chegando à casa da árvore, pensei que ele certamente seria do mesmo feitio e estava determinada a odiar Roc à primeira vista. Estava determinada a me encolher e ficar invisível, porque dois homens carrancudos e penetrantes, com poderes desconhecidos, era mais do que eu podia suportar.

Mas então Roc entrou pela porta e a energia mudou. Ele era alto, tinha cabelos pretos e bonitos, e sua presença era como a luz quente do sol sobre minha pele gelada.

Ele era jovial, engraçado, sempre disposto a se divertir. Eu me senti atraída por ele.

Em retrospecto, percebo que eu estava desesperada para não sentir tanto medo na Terra do Nunca. Fui arrancada de meu lar, informada de que tinha a chave para encontrar a sombra de Pan, sobre a qual eu não sabia nada. Não conseguia consertar a situação de Pan e, se não conseguisse, então eu era inútil, e, se eu fosse inútil... o que ele faria comigo?

Com Roc, eu me sentia protegida, segura. Podia até ser ingenuidade da minha parte, mas eu me sentia.

E, embora estejamos nos reconstruindo sobre uma base instável, ainda me sinto segura com ele.

Só nunca imaginei que brigaria pela atenção dele com James. O comentário anterior de Roc sobre compartilhar, sobre detestar ciúmes, fez-me empreender um autoexame em todas as direções. E constatei que estou com ciúmes. E com inveja. Tenho inveja do amor de todos. Passei as últimas não sei quantas décadas sozinha, lutando pelo meu lugar, tentando não ser banida, morta ou aprisionada novamente.

Eu não confio em ninguém. Ou pelo menos não confiava, até conhecer Asha.

Mas o número de pessoas na minha vida triplicou em questão de dias. Não sei como baixar a guarda para elas sem me expor a mais sofrimento.

Quero ter o que Vane e Winnie têm, mas quero com James e Roc, e não quero ter medo de me sentir inferior entre eles.

Como diabos eu faço isso?

Winnie olha para mim como se pudesse sentir minha angústia interna. Ela me encara, intrigada. Há um candelabro dourado entre nós com três velas cor de marfim. As chamas tremulam, a cera escorre.

— Você está bem? — Ela me pergunta discretamente, mas as palavras são soterradas pelo barulho da conversa entre Vane, Roc e Asha.

Aceno com a cabeça, meio desanimada.

Ao meu lado, James se recosta na cadeira e também olha para Winnie, que o encara de volta, sugestivamente.

James se vira para mim.

— Você não está comendo.

Acho que Winnie lhe deu um chute por baixo da mesa.

Eu é que deveria estar cuidando dela, não o contrário. Pego meu garfo.

— Estou, sim. — Maggie e sua equipe prepararam frango assado, batatas e brócolis. Corto uma batata ao meio e pego um pedaço. — Viu?

James se inclina para mim, põe a mão em minha coxa e meu coração dispara.

— Eu sei que isso é estranho. Sei que você mal teve tempo de processar tudo o que aconteceu. Chegará o dia em que não estaremos mais apagando incêndios.

Sorrio para ele. Há sinceridade em sua expressão. James sempre foi uma brisa suave, do tipo que recebemos com um suspiro.

— Mal posso esperar por esse dia.

— Wendy — Roc me chama, e James e eu nos afastamos.

— Hmm?

— Sua garota aqui está afiada tentando vasculhar meu passado. Ela é sempre tão atrevida?

Asha está sentada entre Vane e Roc, do outro lado da mesa, na minha frente. Meu olhar a encontra. Ela não fica desconfortável ao ser colocada em evidência. Asha sempre gostou de desafios.

— Sim — respondo.

— Bem, eu não gosto disso — responde Roc, sorrindo como se talvez gostasse.

— Passei anos trabalhando nos Arquivos da Terra Soturna — diz Asha, pegando sua taça de vinho. — Você deve saber que as informações sobre suas origens são fortemente censuradas, o que torna sua história confusa e surpreendentemente interessante ao mesmo tempo.

— Ouviu isso, irmão? — Roc olha para Vane. — Somos surpreendentemente interessantes.

— Isso é um eufemismo — responde Winnie.

— Você sabe o que eles são? — deixo escapar.

A mesa fica em silêncio.

James aperta minha coxa sob a toalha, quase um aviso.

Eu olho para baixo, subitamente envergonhada.

— Desculpem — murmuro. — Eu não queria ser invasiva...

— Não sei — responde Winnie. — Não exatamente.

Roc e Vane se entreolham. É quase imperceptível, mas Vane balança a cabeça para o irmão mais velho, em negativa.

O que quer que eles sejam, creio que está enraizado em alguma mitologia real, algo que reconheceríamos se ouvíssemos. A teoria de Asha é que Roc e Vane, ou pelo menos seus ancestrais, não são das Sete Ilhas. Passei tempo suficiente com ela na biblioteca particular do palácio, ouvindo-a ler mitos e sagas, para saber que as Sete Ilhas e meu mundo natal são apenas dois reinos entre muitos. É lógico, portanto, que alguém mais distante na linhagem de Roc e Vane, ou talvez até mesmo eles próprios, tenha cruzado mundos, assim como Peter Pan fez com o meu. Tempo e relógios não existiam antes da Sociedade dos Ossos, o que significa que aqui, nas Ilhas, ninguém precisava deles até que eles existissem.

— O que mais você aprendeu nos Arquivos? — Roc pergunta a Asha.

Ela toma um gole de sua taça de vinho enquanto pondera a pergunta. Asha nunca foi uma pessoa com pressa para falar. Às vezes, há longas pausas entre suas respostas enquanto ela vasculha seu arquivo mental em busca da melhor réplica.

— O nome de Vane é o nome de nascença dele, mas você não nasceu como Crocodilo — ela finalmente diz.

— Não. — Roc sorri. — Eu não nasci.

— Mas seu nome de nascimento não aparece em nenhum documento. Nem uma vez sequer.

Eles travam olhares como carrapichos que se agarram em tecido.

— Você está me fazendo uma pergunta? — indaga Roc.

— Qual é o seu nome verdadeiro?

— As únicas pessoas vivas que sabem meu nome verdadeiro são meu irmão e meu tio.

— Peraí — diz Winnie, dirigindo-se para Vane. — Você tem um tio?

A linha do maxilar de Vane se tensiona enquanto ele franze a testa para Roc, claramente pensando que o irmão falou demais.

Eu não sabia que eles tinham um tio. Pensava que o restante da família estava morta.

Roc apoia os cotovelos na mesa e se inclina na direção de Asha, que, por sua vez, não se move, apesar da tensão no ar.

— Posso te garantir, Quebra Ossos, que meu nome não é tão interessante quanto meu monstro. Talvez da próxima vez que me transformar, eu...

Levanto-me tão rapidamente que minha cadeira tomba e se estatela no chão de madeira. Todos se viram para mim.

— Não, Roc. Nem sequer pense em ameaçá-la.

Ele respira fundo pelo nariz, o peito se expandindo lenta e deliberadamente.

— Tudo bem. Prometo de mindinho. Mas só se ela prometer deixar meu passado no passado.

Não sei se Asha consegue desligar sua mente inquisitiva mais do que Roc consegue desligar seu monstro, mas, de toda maneira, ela diz "Eu prometo", porque é inteligente e sabe quando uma mentira é mais importante do que a verdade.

Roc mantém o dedo mindinho levantado para ela.

— Isso é mesmo necessário? — Asha se empertiga.

— Claro que sim. É a mais sagrada das promessas.

Com um suspiro aborrecido, Asha engancha seu mindinho no de Roc, que dá um chacoalhão vigoroso na mão.

— Pronto! Agora, sim.

— Obrigada — agradeço a ambos, mas o jeito como Asha me encara delata que ela não vai honrar a promessa, por mais que Roc tenha dito que é sagrada. Porque ele cometeu um erro: revelou que possui um segredo, e um pelo qual está disposto a lutar.

Asha não vai largar o osso.

11

ROC

Assim que os pratos do jantar são retirados e todos se deliciam com a sobremesa, retiro-me do salão, descontente e ainda com fome, apesar da montanha de comida que devorei.

Abro a porta do convés a bombordo e sou recebido pela brisa do mar, que joga meu cabelo no rosto. Ajeito os fios para trás enquanto sigo na direção do vento e encontro uma cadeira dobrável aberta próxima ao parapeito.

Sento-me e fico observando as estrelas passarem.

Este navio é mais rápido que o do Capitão. Chegaremos à Terra Soturna em um piscar de olhos.

Tal pensamento faz minha cabeça latejar.

Eu me recosto na cadeira, apoiando os pés na grade do convés, fecho os olhos e me deleito com a brisa fresca e salgada do ar do oceano.

— Aqui.

Abro os olhos. Nem ouvi Vane se aproximar.

Ele segura uma taça de vinho, um gole de sangue se acumulando no fundo.

— Querido irmão, não precisava se preocupar.

— Toma logo a porra do sangue, Roc.

Basta eu perder o controle do meu monstro e, de repente, todos estão me dando ordens.

O sangue revira no fundo da taça quando arrebato o cálice de Vane e o viro de uma vez. Seu sangue tem o amargor da sombra, mas também a quentura adocicada do nosso monstro. Nem parei para questionar se mais poder — o poder da Sombra da Morte da Terra do Nunca — seria outro erro. Não tenho espaço para hesitação. Não agora.

Vane se joga na cadeira ao meu lado e cruza as mãos sobre o ventre:

— Eles vão descobrir mais cedo ou mais tarde.

— Eu sei que vão.

— Essa tal de Asha é...

— Excepcional.

Vane ri.

— Acho que ela é a pessoa mais intuitiva e inteligente que já conheci.

— Ela é uma encrenca.

Ele ri novamente e olha para mim.

— Está com medo dela?

— Um pouco. — Eu sorrio. — Não conte para ninguém.

O silêncio se estende por mais um momento.

— Você apagou sua existência dos arquivos?

Está escuro aqui no convés. Passa da meia-noite e apenas um lampião de vidro brilha mais abaixo no convés. Mesmo na escuridão, porém, consigo distinguir o rosto do meu irmão. Temos o mesmo queixo dos Maddred, de traços finos e arrogante, o mesmo nariz aristocrático que herdamos de nossa mãe, a mesma sobrancelha escura. Mas o rosto dele está marcado por cicatrizes. O meu está mais lindo do que nunca.

Quando não respondo diretamente, ele mesmo encontra a resposta.

— Por quê? — insiste.

— Eu não queria ser definido pelo que somos. Queria ser definido por quem eu realmente sou.

— Nós somos o monstro e o monstro é quem nós somos. Não há separação entre os dois.

— Como não há? Você não se transforma há anos. A cada dia que passa, é cada vez menos o monstro.

— Às vezes — Vane expira —, ainda o sinto se esgueirando sob a superfície. Alguns dias, acordo sonhando com sangue.

Risadas ecoam do salão de jantar atrás de nós, depois o tilintar de copos.

Pego um cigarro e ofereço outro a Vane. Acendo o dele primeiro, depois o meu. O ar marinho capta a fumaça e a espalha pelo convés. Com um suspiro, olho para Vane.

— Você já pensou em voltar para a Terra Soturna?

— Não. Eu não tinha motivos para voltar. E agora a Terra do Nunca é o meu lar.

— E a sua Darling?

Vane mantém o olhar no horizonte iluminado pela lua, mas não acho que está de fato contemplando o oceano.

— Depois de Lainey, nunca pensei que seria capaz de amar novamente. Win me ensinou que eu estava errado.

— Este é o momento em que eu deveria dizer algo profundo e te lembrar que o coração é capaz de se curar.

Vane me olha de relance, o cigarro aceso preso entre os nós dos dedos.

— Mas você não vai. Porque não acredita nisso.

Suspiro e dou outra tragada.

— Wendy e o Capitão...

— Você está mantendo os dois a uma distância controlada, assim como fez comigo. Sei o que está fazendo. Não precisa tentar encontrar palavras para me explicar, porque eu já sei que você vai minimizar. Quer ser feliz de novo? Agarre esses dois e nunca mais os solte.

Procuro uma piada, algo para desviar.

Mas as palavras me escapam.

Em vez disso, dou uma tragada e jogo a bituca apagada por cima do parapeito do navio, no oceano.

Minha expiração é pesada e carregada de fumaça.

— Nunca imaginei que receberia conselhos sobre relacionamentos de você.

— E eu nunca imaginei que você treparia com o Gancho, e ainda assim...

— O que posso dizer? — Dou de ombros. — Tenho uma queda por piratas tagarelas.

Vane se levanta e apaga o cigarro, soltando a última baforada de fumaça antes de abrir a porta.

— Vou para a cama. Acha que vai precisar de mais sangue pelo resto da noite?

— Acho que não.

— Se precisar de mim, venha me procurar. Não corra riscos.

— Sim, papai.

— Cale a boca. E vê se me escuta.

Meu irmão volta para dentro, fechando a porta atrás de si.

Fico mais algum tempo no deque, curtindo a brisa da noite.

Quando volto, encontro o salão de jantar vazio, exceto por Wendy, que está bebericando o resto da taça de vinho.

— Estava te esperando — ela me diz, risonha.

— Você está bêbada.

— Acho que sim.

— Onde está o Capitão?

— Aparentemente, ouviu que a tripulação do convés estava tendo problemas com uma vela, um nó ou algo assim, então ele...

— Não conseguiu se conter.

— Exatamente.

Ela ri de novo e leva a taça aos lábios.

Eu rapidamente tomo de sua mão e termino de beber.

— Roc! Era meu.

O vinho é seco e doce. Se eu tivesse que chutar, diria que é um *blend* da Terra Estival. As frutas vermelhas crescem gordas e suculentas em suas videiras.

— E agora é meu. — Coloco o copo na mesa. — Você já bebeu o suficiente. Venha.

Ofereço minha mão a ela. Wendy me olha com uma expressão carrancuda.

— Eu já fui uma rainha, sabia? Não preciso receber ordens suas.

Minha mão pende entre nós.

Eu espero. Posso ser paciente.

Wendy não precisa receber minhas ordens, mas receberá. É o mesmo caso do Capitão: eu mando, eles obedecem. É a ordem natural das coisas.

Ela cede, deslizando a mão na minha.

Assim que se põe de pé, o navio balança com algum capricho do oceano e Wendy se choca de lado contra mim. Eu a envolvo, firmando-a contra meu quadril. Ela é quente e minúscula em meus braços, mas não é pequena. Tem todas as curvas certas para minhas mãos percorrerem, para minha língua contornar.

Da última vez que estivemos juntos, eu transei com o Capitão. Faz muitas, muitas luas desde que senti Wendy Darling sentada no meu pau.

— Hora de ir para a cama.

— Para a minha ou para a sua? — Ela me encara, os olhos vidrados à luz bruxuleante da lâmpada.

— Não vou me aproveitar de você.

— Então deixe eu me aproveitar *de você.*

— Ah, Darling, sua safadinha.

Eu a conduzo pelo corredor até o quarto dela. Um lampião a querosene está aceso na mesa de cabeceira, lançando sombras profundas no quarto. A cama está arrumada. Este navio, o Hannah Maria, não é um navio da realeza, mas o serviço é digno de tal, e eu me sinto em casa.

Wendy entra cambaleando no quarto e começa a desabotoar a camisa. Eu permaneço junto à porta aberta, preso entre a tentação e os bons modos. A bruxa está quieta desde que Vane compartilhou seu sangue, mas ainda posso senti-la à espreita na escuridão, incitando-me a mergulhar na indecência.

— Wendy Darling... — eu aviso.

— Não estou tão bêbada quanto você pensa. — Ela tira a camisa, ficando apenas com as calças de couro e uma combinação de renda; o tecido fino é um sussurro sobre seus seios, mais uma sugestão de roupa do que uma roupa de fato.

Ela dá um passo em minha direção, a luz bruxuleante do lampião dançando sobre sua pele, realçando os arrepios que percorrem seus braços.

Eu estava falando sério quando disse que queria transar com ela só para mostrar que ela é minha. Mas, a cada passo que

Wendy dá, sinto cada vez menos que sou eu que está no comando e, sim, como se estivesse sendo caçado.

Ela se encosta na parede e arqueia um pouco as costas, realçando os seios sob a camisola.

Eu dou um passo à frente no corredor estreito que leva ao seu quarto. Estamos a centímetros de distância agora, cara a cara.

— Preciso te fazer uma confissão — diz ela, baixinho.

— Pois não.

— Estou com ciúmes.

— Eu sei.

Wendy ergue os braços sobre o peito, como se quisesse diminuir de tamanho e se esconder à vista de todos. Ela está expondo a alma, mas não suporta exibir o corpo ao mesmo tempo.

— Você se lembra do que me disse? De por que arrancou a mão de James?

Não gosto de falar sobre o meu maior arrependimento.

— Sim — respondo.

Ela espera e suspira, aborrecida, claramente esperando que eu repita a resposta como um papagaio. Mas não vou repetir.

— Você disse que cortou a mão dele porque ele tocou no que era seu.

— Você — acrescento.

— Sim.

— Aonde quer chegar, Majestade?

— Você já sentiu algo por mim? Ou era só um jogo? Eu era apenas uma propriedade para você reivindicar?

Então, vamos por esse caminho.

— Eu poderia te perguntar o mesmo. Lá na Terra do Nunca, você não se fez de rogada para pular da minha cama para a do Capitão. E, no final, não escolheu nenhum de nós. Então, é errado da nossa parte encontrar consolo um no outro?

Wendy me olha com uma expressão indignada, os braços mais apertados sobre o peito.

— Consolo?! Você discute com ele o tempo todo.

— Porque eu gosto quando ele fica malcriado. Aonde você quer chegar? — repito.

— Eu não sei. Não quero ficar com ciúmes. Quero que você me assegure. Quero que me diga que não sou mais um joguete, que sou mais do que uma peça de xadrez, um prêmio a ser vencido e...

Diminuo a distância entre nós, passo as mãos por baixo de suas coxas e a levanto em meus braços, jogando-a contra a parede.

Wendy solta um pequeno suspiro assustado, mas eu o engulo, saboreando-a inteira e completamente com minha boca, com minha língua, com toda minha alma.

Se ela quer duvidar das minhas intenções, então vou lhe mostrar o que é bom para tosse.

Ela geme, rebolando e se esfregando contra minha virilha. É impossível ignorar o calor de sua boceta.

— Diga — ela pede entre suspiros. — Prometa.

— Quase nada me abala, Wendy Darling. — Desço até seu queixo, beijando seu pescoço. — Eu não teria atravessado um oceano para te encontrar se você fosse só mais um joguete.

— Você ama James e eu?

Mordisco sua orelha e ela sibila.

— Não sei se ainda sou capaz de amar.

O conselho do meu irmão ressoa na minha cabeça.

Mas não quero pensar em amor nem contemplar as consequências de perder o que se ama.

Só quero sentir.

Prazer, luxúria e tentação são bons substitutos, e eu conheço o prazer como conheço a luz do sol. É familiar e quente, e não preciso me preocupar com abandono. O prazer está sempre ao alcance.

Deixo minha língua percorrer a pele sensível abaixo da orelha de Wendy, que se contorce em meu abraço.

— Você terá tudo o que eu for capaz de te dar. Essa é a minha promessa.

Ela enfia os dedos em meu cabelo e puxa minha boca de volta para a sua, beijando-me. Sua língua é quente e macia, e eu me perco nela.

— Não estou bêbada. *Não o bastante* — acrescenta ela entre suspiros. — Quero dar pra você.

Ajusto as pernas de Wendy em volta dos meus quadris e a carrego até a cama, que balança quando eu a jogo no colchão. Ela se debate com o botão da calça enquanto eu tiro suas botas. Então puxo sua calça pelas barras e jogo a peça longe.

Wendy se levanta sobre os joelhos, agarra minha camisa e quase rasga o tecido ao puxá-la por sobre minha cabeça.

Quando meu peito fica nu, ela passa as mãos pelos meus peitorais, depois pelo meu abdômen e vai descendo, os lábios úmidos seguindo o rastro da carícia de seus dedos.

Inclino a cabeça para trás e suspiro intensamente, com os olhos fechados.

Seu toque é suave, mas elétrico. É o toque de uma pena e de um raio ao mesmo tempo.

Sinto um frio na barriga e a pressão desce para o meu pau.

Eu quero mergulhar na sensação dela.

Sua boca roça minha virilha, onde já sinto minha calça bastante apertada.

Eu me endireito e olho para baixo, encontrando a doçura daqueles seus olhos grandes e inocentes.

Mas, não se engane, Wendy não é inocente. Nunca foi. Acho que um dia alguém lhe disse que, para ser uma dama, ela precisava ser casta e ingênua. Mas não há nem um pingo de inocência no corpo de Wendy Darling. Quanto mais cedo ela aprender isso, mais cedo estará livre.

Abro a fivela do meu cinto e o arranco dos passantes com um puxão, o couro estalando.

Wendy abre o botão da calça e o zíper, libertando-me.

— Porra — gemo em um sibilo.

Ela me acaricia da base à ponta, então se abaixa sobre os joelhos e sinto a ponta macia de sua língua circulando a cabeça.

Eu não vou aguentar. Não vou aguentar, porra.

Enterro a mão em seus cabelos e a guio por toda a extensão do meu pau. Ela geme contra mim e eu me arrepio todo.

Talvez isso seja amor. Talvez amor seja o mesmo que adoração.

Todos nós poderíamos aprender uma ou duas coisas ficando de joelhos.

Quando o fluido pré-gozo escorre do meu pau, Wendy se afasta e lambe o líquido com a ponta da língua.

Wendy até pode estar em uma posição de súplica, mas é ela que tem poder sobre mim. Sempre teve.

Ela está achando que eu não a desejo, não tanto quanto o Capitão, mas não consigo me imaginar em nenhum outro lugar.

Eu cruzaria não só um oceano, mas reinos inteiros por ela.

Eu a coloco de quatro e cubro seu traseiro com meu corpo, pressionando meu pau em sua calcinha úmida, e ela geme embaixo de mim.

— Vá até a cabeceira — ordeno, e ela engatinha pela cama e agarra os balaústres esculpidos do espaldar, posicionando-se para mim.

Consigo sentir o cheiro do seu desejo permeando o ar.

Deslizo minha mão por entre suas coxas, depois ao redor da costura de sua calcinha até roçar sua boceta encharcada.

Ela solta um gemido alto e agudo.

Deslizo até seu clitóris e faço círculos lentos e deliberados.

Wendy empina a bunda, seu corpo formando uma curva em s, as mãos ainda segurando a cabeceira da cama.

Sua respiração é superficial e rápida.

Percebo que ela está quase chegando ao limite.

Ainda não.

Rasgo a calcinha delicada para expor sua boceta, tão molhada, tão lubrificada, e então eu a arrebento com meu pau.

12

WENDY

ROC VEM COM TUDO PARA DENTRO DE MIM E EU ATÉ PERCO o ar. Tinha esquecido como era ser comida por um monstro.

Ele agarra meu punho com a mão esquerda, envolvendo meu corpo com o seu enquanto me penetra. A cada estocada, sinto que ele se entrega cada vez mais, até que somos apenas dois seres em busca de algo mais do que prazer físico.

Eu estava errada. Roc e eu somos mais parecidos do que eu pensava. Somos águas profundas e escuras desejando nos livrar da represa que nos contém.

Somos um maremoto — *liberte-nos*.

Ele mete com mais força. Mais força. Sua respiração é ofegante em meu ouvido, seu corpo se fundindo ao meu.

A cabeceira da cama bate contra a parede. De novo e de novo e de novo.

Roc serpenteia a mão direita pelo meu quadril e seus dedos encontram meu clitóris latejante. Estou tão molhada e tão perto do orgasmo que acho que vou gritar.

Eu me empurro contra ele, afundando-o mais em minha boceta, e ele se perde, grunhindo em mim, preenchendo-me.

Meu próprio prazer cresce e cresce, e então a onda do oceano se forma.

Meu corpo fica tenso, eu me curvo para a frente, mas Roc aperta meu punho com força, mantendo os dedos no meu clitóris, forçando-me a sucumbir ao tremor do tesão repetidas vezes.

Respiro fundo, meus músculos fraquejam, fazendo-me estremecer sob o corpo quente de Roc.

Ele solta meu punho e me deixa cair na cama.

Eu praticamente derreto no colchão macio.

Roc se esgueira de cima de mim, desaparecendo no banheiro, e retorna com um pano úmido.

— Abra. — Ele afasta meus joelhos.

À luz bruxuleante da luminária, sua aparência é sinistra e perigosa, como uma sombra talhada na ponta de uma lâmina. Mas a maneira como ele cuida de mim, com ternura e delicadeza, contradiz tudo isso.

Ele me disse que achava que não podia mais amar, mas não consigo imaginar nenhuma ação mais amorosa do que esta.

Uma vez satisfeito, ele leva o pano de volta para o banheiro e se deita na cama ao meu lado, acomodando-se na montanha de travesseiros. Ele me aconchega em seu braço e puxa o edredom para cima, envolvendo-me em calor.

Os lençóis estão frescos e imaculados. Seu corpo é meu. Acho que nunca me senti tão segura em uma cama. Pelo menos não em muito, muito tempo.

Com a cabeça apoiada em seu peito, consigo ouvir as batidas constantes de seu coração.

É o que ele tem de mais honesto. A parte dele que é homem e não um mito.

Quero ser abraçada assim para sempre. Por ele e por James.

Desejar os dois homens pode até ser egoísta da minha parte, querer que ambos me declarem seu amor. Mas vivi muito tempo sob a tirania para exigir menos do que isso.

— Obrigada — digo, com a voz sonolenta e distante.

Seus dedos acariciam meus cabelos.

— Não me agradeça ainda.

É um aviso, é claro, mas, nas entrelinhas, percebo sua preocupação.

Acho que ele tem medo de nos decepcionar. Acho que tem medo do quão monstruoso pode se tornar.

13

GANCHO

NÃO CONSIGO ME LIVRAR DESSE GATO. ELE ME SEGUE POR toda parte, miando, pedindo petiscos, tentando agarrar minhas calças quando passo, implorando por atenção.

— Vá em frente, bicho — digo a ele enquanto desço para o convés inferior.

Mas o bicho ou não entende ou finge não entender.

Vou primeiro para o meu quarto, mas o encontro vazio, e uma pontada de decepção me percorre a espinha.

Deixo para lá. Não deveria me surpreender que o Crocodilo tenha encontrado outras formas de se entreter enquanto eu ajudava a tripulação a desfazer um nó.

Então vou até o quarto de Wendy.

O abajur está apagado, mas o luar entra pela janela circular ao lado da cama.

Roc está lá, com as costas apoiadas na cabeceira da cama, Wendy aninhada em seus braços. Roc está acordado. Wendy dorme profundamente.

O gatinho mia e então corre na minha frente, pulando na cama.

— Ah, aí está meu pequeno bichano — sussurra Roc, mimando o bicho. O gato sobe desajeitadamente pelas coxas de Roc e encontra um nicho entre Roc e Wendy, aconchegando os entre os dois.

— Claro que agora ele está se comportando!

— Shhh — diz Roc, acariciando a cabeça do gato. — Ele está com sono, Capitão. Deixe nosso Foguinho descansar.

Respondo com um resmungo.

— Wendy está...

— Ela está bem. Precisava de segurança.

Eu entendo mais do que gostaria de admitir.

— Venha aqui — ele ordena.

Tiro as botas, depois o casaco, e o jogo em uma cadeira ali perto.

Há espaço suficiente na cama para eu me deitar do outro lado de Wendy. Ela é quentinha, macia e cheira a madressilva. Se precisava ser reconfortada, gostaria que tivesse vindo até mim. Acho que nós dois estamos com medo de nos afogar no oceano do Crocodilo. Quero que ela saiba que não está sozinha.

A cada dia que passa, fico mais chocado por ainda estar aqui, caindo cada vez mais aos pés...

— Você salvou o navio? — pergunta Roc, provocando-me.

— Eu gosto de ser útil.

Ele sorri para mim por cima da cabeça de Wendy.

— Sempre terei utilidade para você, Capitão.

— Que deselegante — sussurro, meio sério, meio brincando.

Ele ri e Wendy se mexe, gemendo em seu sono. O gatinho levanta a cabeça, franzindo a testa para mim, como se sua perturbação fosse minha culpa.

— E você conseguiu reasseguará-la? — pergunto, colocando uma mecha de cabelo atrás da orelha de Wendy.

— Acho que dei pro gasto. — Seus dentes brilham ao luar.

— *De-se-le-gan-te* — repito.

— Oh, Capitão, minha *elegância* foi irrepreensível.

— Calem a boca — murmura Wendy e então acrescenta: — A elegância dele *foi* irrepreensível.

— Viu? — Roc ergue as sobrancelhas para mim.

— Não dê corda para o ego dele. — Sabendo que Wendy está acordada, eu me aproximo, para que ela também fique em meus braços. Ela se ergue um pouquinho para nos ajeitarmos e, em seguida, aninha-se em cima de mim.

Jamais teria imaginado que acabaríamos assim, nós três juntos em uma cama. Não conversamos sobre o que faremos a partir daqui. Ainda não tivemos chance.

Tenho medo de perguntar.

Só de pensar nisso meu coração dispara e meu estômago afunda.

Roc olha para mim, com o cenho franzido.

— O que foi? — pergunta.

Wendy levanta a cabeça para olhar para mim.

Engulo em seco.

— Você tranquilizou Wendy.

Ela se mexe para poder me ver melhor sob o luar.

— E...?

Wendy pega minha mão e aperta gentilmente.

— Sei que você não gosta de ficar no mesmo lugar por muito tempo — eu digo. — Então só preciso saber, depois da Terra Soturna, depois que te curarmos e você estiver bem, vai embora de novo?

Wendy e eu estamos agindo como aduladores do Crocodilo, de joelhos implorando para que ele nos ame. Odeio isso, mas não o culpo. Acho que Roc não quer que o adoremos mais do que ele quer ser adorado.

E este é o problema: o Crocodilo sempre vagou pelo mundo livremente, nunca deveu nada a ninguém. Não depois que perdeu os irmãos.

Eu o encaro na penumbra.

Pela primeira vez, vejo medo de verdade e, de repente, eu sei... Ele se conteve todos esses anos, sem se envolver realmente com ninguém, para se proteger.

Percebo que está recuando para trás dos muros que ergueu, com medo de perder algo, com medo de se perder em algo.

Wendy e eu o encaramos agora, à espera.

O silêncio chega a me dar dor de estômago.

E, então, ele se levanta.

— Roc — Wendy o chama.

Mas ele desaparece em um piscar de olhos, fechando a porta atrás de si.

14

ROC

SIM, *APODERE-SE DELES*, DIZ A BRUXA. REIVINDIQUE-OS, USE-OS e, então, devore-os, e todos nós ficaremos juntos pela eternidade.

Corro para fora por uma porta a estibordo do navio.

Todos os lampiões estão apagados e o navio está mergulhado na escuridão, exceto pelas luzes de navegação e pelo brilho distante das estrelas.

O oceano se estende até o horizonte de ambos os lados.

Escuridão sem fim.

Desabo em uma espreguiçadeira, com a cabeça entre as mãos.

Respiro fundo várias vezes enquanto uma luz branca pisca por trás das minhas pálpebras fechadas.

Baixei a guarda e pude sentir a bruxa se aproveitando das minhas vulnerabilidades.

Ela está sempre lá, devorando-me por dentro. Ela sabe tudo o que eu quero, tudo o que desejo e tudo o que me aterroriza, e usará isso contra mim.

Posso senti-la pressionando minhas entranhas, tentando expulsar o monstro.

Devore-os, ela diz novamente.

Devore-os por inteiro.

Meu estômago revira quando o navio atinge a crista de uma onda.

Puta merda.

Não devia ter trazido os dois comigo. Não devia levá-los para a Terra Soturna, onde tudo que eu já amei morreu ou foi embora.

Porque agora a bruxa sabe que Wendy e o Capitão...

Cerro os dentes e me inclino para trás.

A bruxa sabe como eu me sinto...

Porra.

Eu me levanto, agarro a espreguiçadeira e a jogo no oceano.

Ela bate na água com força e rapidamente afunda.

— Melhor agora?

Olho para cima e vejo Asha escondida nas sombras. Eu nem a ouvi subir.

Só mostra o quão desequilibrado estou.

— Minimamente — admito.

— Tome. — Ela emerge da escuridão e me oferece uma caneca de barro com um líquido escuro dentro.

— O que é isso?

— Um chá de ervas. Minha mãe costumava fazer para acalmar meus nervos.

— E seus nervos precisam ser acalmados agora?

Ela dá de ombros.

— Estamos presos em um navio com um homem que não nos diz que tipo de fera ele é, mas cuja fera continua a dominar e devorar as pessoas osso por osso. Então, *um pouco*.

Gosto cada vez mais dessa garota.

Pego a caneca e tomo um gole. É doce e terroso, com um toque floral.

— Acho que você já sabe que tipo de fera eu sou — digo, devolvendo a bebida.

Ela cruza um braço na frente da cintura, usando-o para apoiar o cotovelo oposto, caneca erguida enquanto me contempla.

— Tenho uma teoria.

— E?

— Ainda estou trabalhando nela. Antes de ser um soldado, sou uma estudiosa. Matar homens era uma habilidade necessária, e sou muito boa nisso. Mas pesquisar, estudar, traduzir, é isso que incendeia minha alma. E seu passado é interessante.

— Hmmm. Acho que você está me dando mais crédito do que mereço. Meu passado não importa.

Ela ri.

— Acho que é a única coisa que importa. Não apenas *o que* você é, mas *quem* você é.

Nós nos encaramos. *Ela sabe.*

— Deixei tudo isso para trás há muito tempo.

— Mas isso te deixou?

Pego a bebida dela outra vez e tomo outro gole. O chá é bom e, surpreendentemente, calmante.

— Você contou a alguém?

— Eu não discuto teorias, apenas fatos.

O que significa que ela não confirmou suas suspeitas com provas.

Devolvo a caneca.

— Você tem alguma teoria sobre a bruxa?

Asha se apoia no parapeito, o luar salpica seus cabelos escuros de mechas prateadas. Ela está toda de preto, com uma adaga presa à cintura.

— Deixa eu te perguntar uma coisa: o que você devora pode te possuir por completo? Permanentemente?

Suspiro.

— Nunca houve um caso provado. Mas isso que está acontecendo com a bruxa me leva a acreditar que é possível.

— Então, sim, eu tenho uma teoria.

Junto me a ela no parapeito, mas apoio meus braços no ferro forjado e olho para o oceano agitado.

— Temos a mesma teoria?

— Acho que sim.

Estou impaciente para me afastar dessa conversa ou pelo menos desviar o assunto de mim. Não gosto de me aprofundar no meu passado. E com certeza não gosto de pensar no meu futuro. Não quando ele está todo ferrado.

— Me ocorreu recentemente — digo — que você deve ter mais ou menos a mesma idade de uma garota que estava nos Alpes da Terra Invernal bem na época da pior parte do golpe Kimura. — Não preciso olhar para Asha para perceber como ela fica rígida. — Essa garota devia ter o quê, uns dezenove, vinte anos, quando a revolta começou? — Agora olho para ela.

Seu maxilar está travado; as narinas, dilatadas.

— Dezoito — ela corrige.

— Ahhh, sim. A idade que uma garota deve ter quando ascende ao trono Taira. — Viro-me um pouco para ela. — A idade que essa garota devia ter na noite de núpcias, quando o homem que ela tinha acabado de desposar matou toda a sua família e usurpou seu trono. — Asha engole em seco. — Eu também tenho minhas próprias teorias — digo a ela.

Não deixo de perceber a gelidez em seu olhar. O jeito como ela não se move, mas vibra de raiva.

— Você sabe uma coisa ou duas sobre fugir — continuo. — Então deve entender por que estou relutante em voltar.

Ela respira fundo e dá um passo em minha direção. Algo arriscado: aproximar-se de um monstro. Respeito sua ousadia.

— Não estou relutando em voltar — diz ela e, então, com um ranger de dentes, acrescenta: — Estou me afiando como uma lâmina. Deixando minhas mãos fortes o suficiente para matar. Minha mente forte o bastante para enganar. Estou esperando o dia em que ele terá certeza de que está seguro. E, então, eu corroerei a ele e à sua corte, dia após dia, ato por ato. E, quando ele tiver mergulhado na paranoia, cedido ao caos que semeei, eu entrarei sorrateiramente em seu quarto, *meu quarto*, e atravessarei minha lâmina em sua garganta.

Sorrio para ela.

— Admiro a sutileza de seu plano.

Asha recua, franzindo a testa para mim, e então ri.

— Não contei esse plano a ninguém. Receio que digam que sou louca. Violenta. *Maluca.*

— Deixe-me contar um segredo. — Eu me inclino para ela. — Aqui somos todos malucos.

Ela ri e revira os olhos.

— Suponho que você esteja certo, irmão *Madd.*

— Então você sabe mais do que deixou transparecer.

— Claro.

— Você sabe quem é minha mãe?

— Outra teoria.

— Sabe quem é meu tio?

— Sim.

— Então tem todos os pontos. Agora, conecte-os.

— Acho que você sabe que eu já sei.

Eu me afasto do parapeito.

— Não conte a eles ainda. Deixe-me descobrir no que estamos nos metendo na Terra Soturna. Não quero que se envolvam se eu puder evitar.

Asha concorda.

— E você vai manter meu passado entre nós?

— Não sou muito chegado em fofocas. Quer fazer uma promessa de mindinho?

Ela ri, irônica.

— Você sabe que eu não as considero vinculativas, certo?

Levanto minha mão entre nós, com o mindinho estendido, e não digo nada. Ela bufa.

— Duas promessas de mindinho em um dia. Um novo recorde.

Enganchamos os dedos firmemente.

— Estou honrado que ambas tenham sido comigo. Você sabia que, se quebrar uma promessa de mindinho, eu posso quebrar o seu dedo mindinho?

— Eu gostaria de te ver tentar — ela diz e volta para dentro do navio.

15

VANE

A Terra Soturna surge no horizonte logo após o meio--dia do quarto dia no mar.

Nuvens de fumaça serpenteiam pelo céu como fantasmas, e aquele cheiro familiar de aço e cinzas imediatamente me faz sentir em conflito comigo mesmo. Construí uma vida na Terra do Nunca, mas a Terra Soturna sempre será meu lar. Isso não significa, porém, que eu queira voltar para cá.

Roc se junta a mim no parapeito enquanto o porto se aproxima.

— Agulhas — ele afirma enquanto o navio é direcionado para a costa sudoeste da Terra Soturna.

— Sim. — Dou uma tragada no meu cigarro e seguro a fumaça nos pulmões.

O Porto das Agulhas fica nos limites do Umbrage. Imagino que Roc tenha dito à tripulação contratada para navegar até lá. Quanto mais perto estivermos da nossa antiga vizinhança, mais rápido poderemos recuperar o chapéu e ir embora.

Roc estala os dedos para mim e eu lhe entrego o cigarro. Ele dá uma tragada enquanto passamos pelo quebra-mar e entramos em Agulhas. Houve uma época em que Roc e eu dominávamos um quarto do porto. Nada acontecia nessas águas sem que soubéssemos.

À esquerda do canal, fica o Calçadão dos Ossos, batizado em homenagem à Sociedade dos Ossos após sua doação ao fundo de construção. O calçadão serpenteia ao redor do ponto saliente de terra conhecido como Polegar, cujas casas geminadas de pedra preta e branca se alinham como peças de dominó. Costumávamos frequentar a terceira casa à esquerda, de propriedade de um dos chefões do Umbrage, mais conhecido por sua habilidade de quebrar pernas.

A maioria das pessoas com quem andávamos naquela época já está morta. Eram mortais com ossos mortais e vidas mortais.

Roc devolve o cigarro agora que está quase apagado. Dou a última tragada e jogo a bituca em um balde d'água aos meus pés. A brasa se apaga. Conferi o perfil do meu irmão em busca de sinais de seu monstro. Até agora, parece estar sob controle. Mas por quanto tempo? Por quanto tempo meu sangue extinguirá o caos à espreita sob sua pele?

— Você ainda é dono do loft? — eu lhe pergunto.

O navio passa por um barco de pesca menor. Um homem com a vara na mão se vira para nos encarar. Será que essas pessoas sabem meu nome? Tanta coisa mudou e, no entanto, tudo continua igual.

— Sim. — Roc apoia os antebraços no corrimão e se inclina. — E do apartamento acima do Alma Perdida.

— Sério? — Arqueio uma sobrancelha. — E quem vive no Alma Perdida agora?

— Um dos descendentes de Mog. Tatara-alguma coisa. Ele é meio babaca, mas gostava de me dar o cu, então eu o tolerava.

— E como você acha que ele vai se sentir agora que você tem um pirata e uma rainha a tiracolo?

Roc gira, apoiando o quadril na lateral do navio.

— Eu não *tenho* ninguém.

— Ah é? Está enganando bem.

— Ainda está... em andamento.

— É mesmo?

— Tenho quase certeza, irmãozinho, de que não me inscrevi para uma sessão de terapia.

Observo Roc. Ele está sorrindo para mim, fingindo irritação.

Senti mais falta dele do que percebi.

Durante grande parte da nossa infância, fomos inseparáveis. Roc nunca foi o tipo de irmão superprotetor. Ele acreditava em liberdade e autonomia acima de qualquer outra coisa, mas, se eu estivesse em uma situação ruim, lá estava ele. Sempre presente. Por isso que a morte de Lainey foi tão difícil para mim. Sempre presumi que, se eu não pudesse protegê-la, Roc o faria. Um de nós sempre estaria ao seu lado.

A morte dela me tirou o chão.

Eu achava que éramos invencíveis, o que a tornava invencível também. Mas ela não era um monstro como nós. Nossa fera é herdada pela linhagem paterna.

Acho que a morte de Lainey também foi um baque grande demais para Roc. Mal falamos dela.

Passamos pelas casas geminadas, depois pela casa de madeira branca pertencente à guarda marítima. O canal se alarga até o Porto das Agulhas, onde navios comerciais atracam à direita e navios de lazer à esquerda. Os estivadores já nos aguardam num atracadouro aberto na entrada do porto.

— Me promete uma coisa?

Encaro Roc novamente.

— Depende.

— É sério.

Todo o humor desapareceu de seu rosto, e seus olhos verdes brilharam à luz do dia.

Está bem.

— Se eu perder o controle, seja como for, você vai me matar.

Fico com raiva dele no mesmo instante.

— Nem começa com essa putaria.

— Eu não vou cair na loucura.

Loucura. A palavra tem muitas faces para nós. Os irmãos Madd cuja mãe pulou de um penhasco, um pai que tentou derrubar a monarquia e um tio que...

— Me prometa.

— Eu não tenho a espada — apresso-me em dizer.

— Está no sótão.

— Eu não vou te matar.

Ele se afasta do parapeito e se endireita. Roc é exatamente cinco centímetros mais alto que eu e nunca me deixou esquecer disso. Agora está tentando usar o tamanho a seu favor, para mostrar sua autoridade sobre mim, seu irmãozinho. Sempre me perguntei o que era mais forte: a sombra ou o monstro. Acho que estamos prestes a descobrir.

— Eu não posso machucá-los — ele admite, e sua voz falha.

Gancho e Wendy.

O "andamento" está bem adiantado, afinal.

A tripulação do navio grita uns para os outros, ajustando as velas enquanto nos aproximamos da vaga.

— Não vai chegar a esse ponto — tento dissuadi-lo.

— Mas e se chegar?

Só vimos um da nossa espécie cair na loucura, mas nunca vimos um de nós ficar preso no monstro, incapaz de voltar atrás.

Mas, com a bruxa Criadora de Mitos reverberando dentro dele, tudo é possível agora.

Ele jamais deveria tê-la devorado. Ele sabia que não.

— Prometa — Roc repete.

Se eu estivesse no lugar dele, sei que faria o mesmo pedido. Se estivesse prestes a perder o controle, colocando Winnie em perigo, imploraria para que ele me matasse, assim como está fazendo agora.

— Prometo com uma condição.

— Tudo bem.

A tripulação joga as amarras para os estivadores lá embaixo.

— Primeiro, esgotaremos todas as opções. Inclusive ir para *casa* procurar nosso tio.

Ele é o único que caiu na loucura e o único em quem eu confiaria para saber como se recuperar.

Roc estreita os olhos para mim.

— Para casa, hein? Você não está falando da Terra Soturna.

— Não.

— Bem, vamos torcer para que não chegue a esse ponto.

— Tomara que não.

A prancha de embarque é içada e fixada no cais.

Roc estende a mão para mim e eu a aperto com relutância. Selamos o acordo.

Quando faço uma promessa, não quebro. Mas esta será difícil de engolir se um dia chegar a hora de cumpri-la.

16

ROC

A Terra Soturna foi meu lar por tanto tempo que todas as suas falhas passavam despercebidas. Mas, agora que estou aqui com Wendy e o Capitão, consigo ver tudo.

As ruas de paralelepípedos estão manchadas de terra preta. Os prédios são tortos e empilhados uns sobre os outros. A água da chuva e a lama da cidade se acumulam nas sarjetas.

E, no entanto, sinto-me imediatamente em casa.

Eu amo o Umbrage.

Amo a sujeira e as pessoas. Amo as ruas estreitas dispostas como um labirinto. Tão fáceis de se perder. Amo os vendedores ambulantes, os jornaleiros e os pescadores rabugentos.

Mas, acima de tudo, amo os foras da lei, que estão por toda parte no Umbrage.

Aquele garoto na esquina seguinte com o jornal ao contrário, o paletó de lã *tweed*, o palito de dente no canto da boca.

E a mulher correndo pela multidão puxando uma criança atrás de si. Não são as mãos dela que você precisa vigiar, mas as da garotinha. Elas passam correndo por um velho com uma bengala e a mulher esbarra nele, empurrando a criança. Elas se desculpam profusamente. O homem faz uma careta. A garotinha pega a carteira na confusão. A mãe pisca para ela e as duas seguem em frente.

No Umbrage, tudo é possível.

Eu estou à frente do nosso grupinho desorganizado. Wendy está ao meu lado, fingindo desinteresse em minha terra natal, embora esteja bem interessada. Consigo vê-la examinando as ruas e as pessoas, procurando elementos que a lembrem de mim.

E o Capitão do outro lado dela, com seu longo casaco de tecido azul-royal, com as duas pistolas na cintura. Ele se encaixa perfeitamente aqui.

Foguinho está aninhado em um dos bolsos fundos do casaco do Capitão, com as patinhas dobradas sobre a borda. Honestamente, não foi preciso muita persuasão para o Capitão aceitar nosso gatinho. Ele já está se apaixonando pela pequena fera.

Atrás de nós, Vane, Winnie e Asha. Não preciso nem olhar para saber que Asha está absorvendo os detalhes ainda mais do que Wendy.

E Winnie Darling... bem, ela é uma gata ainda mais selvagem do que Foguinho.

— Leve-me ao lugar onde você cresceu — ela diz.

— De jeito nenhum — responde Vane.

— Por que não?

— Estamos aqui em uma missão, que não é exumar meu passado.

Olho para trás por cima do ombro:

— Nossa casa de infância fica fora da cidade, Darling. Levaríamos algum tempo para chegar lá, e suspeito que seu namorado esteja com pressa para ir embora.

Vane me olha com uma expressão de escárnio.

— Ah, como se você estivesse ansioso para ver nossa casa de infância.

Viro-me para a frente.

— Eu moro lá.

— O quê? — Vane se aproxima de mim e me força a parar completamente. — Você mora na mansão?

— Os Remaldi me permitiram comprá-la de volta. Ela é minha há... bem, *muito tempo*.

— Por que não me contou?

Dou de ombros como se não fosse grande coisa, mas é. Não contei a Vane porque sabia que ele reagiria assim. Ele tinha sua própria vida na Terra do Nunca. O que eu fizesse com a minha não importava. E, para ser totalmente franco, embora a mansão seja minha residência principal no papel, é muito raro que eu entre nela. As memórias são dolorosas demais. Os corredores, silenciosos demais. Os fantasmas, demais.

Mas a ideia de outra pessoa habitando nela era insuportável, então a comprei.

— Você devia ter me contado — diz Vane. A carranca desapareceu, substituída por algo muito parecido com mágoa.

— Estou te contando agora.

Ele bufa e volta para sua Darling. Mas sei que o assunto não morreu.

Seguimos em frente. Vane disse que o chapéu estava no armazém. Só temos um armazém. Fica no final de um beco estreito, logo atrás da Vagaries e da Wilcox, na extremidade noroeste do Umbrage. A pé, devemos chegar lá em vinte minutos.

Caminhamos em silêncio.

Finalmente, chegamos à Avenida Wilcox, onde a fachada envidraçada da Wilcox & Filhos ocupa toda a esquina. A Wilcox é conhecida por sua alfaiataria impecável e ternos importados.

Tenho sete até agora. Quando Vane e eu dominávamos o Umbrage, podíamos entrar na Wilcox a qualquer hora do dia ou da noite e pegar o que quiséssemos.

Descemos pelo beco onde caixas vazias estão empilhadas do lado de fora da Wilcox, com o logotipo verde-brilhante pintado sobre as ripas de madeira.

— Você lembra exatamente onde está o chapéu? — pergunto a Vane enquanto observo o beco que se estende até uma área de descarga que dá acesso ao portão do compartimento do armazém.

— Diria que no armário, se tivesse que chutar.

Ao lado do portão, há uma porta normal sem identificação, com um cadeado enorme instalado em uma grossa alça de ferro. O cadeado é de combinação, com as rodas internas marcadas com a linguagem da Sociedade dos Ossos, a linguagem dos monstros.

Pego o cadeado e sinto o metal frio em minha mão, corroído pela ferrugem, mas as rodas giram sem reclamar.

São sete rodas, cada uma com vinte e sete glifos. Giro os discos, lembrando-me facilmente da combinação. Assim que a insiro, puxo o corpo do cadeado para baixo e ele se abre com um estalo.

— Há quanto tempo você não vem aqui? — pergunta Vane.

— No mínimo alguns anos.

— A Coleção Variante ainda está aqui?

— Sim.

Ele se vira para Winnie Darling.

— Cuidado com o que você toca.

— O que é a Coleção Variante? — pergunta o Capitão.

— Uma coleção de chapéus. — Sorrio para ele. Ele não está convencido.

Wendy parece ligeiramente intrigada com tudo isso. Asha está quase salivando. Ela já ouviu falar da Coleção Variante. Dá para perceber.

Winnie Darling agarra a mão de Vane.

Empurro a porta.

Uma luz difusa entra pelas grades das janelas ao longo da parede dos fundos. Há fileiras e mais fileiras de caixotes, prateleiras e baús abarrotados ao longo das paredes de tijolos. A poeira gira no ar.

Olho para o chão e paro.

Há um conjunto perceptível de rastros na camada de poeira desaparecendo por um corredor de caixotes.

Devia ter imaginado que alguém chegaria aqui antes de nós.

17

ASHA

Assim que entramos no armazém, sei que não estamos sozinhos. Depois de todos esses anos, aprimorei meu sexto sentido para saber quando estou sendo observada.

Um homem sai de trás do corredor mais distante de caixotes. Examino seu rosto primeiro, depois suas roupas. Ele veste um casaco de lã preto, sem marcas. Há o contorno de uma adaga presa em seu antebraço direito. Ele deve ser canhoto. Não há nenhuma outra arma, nenhuma espada, nenhuma pistola.

As calças são justas, as botas pretas recém-engraxadas. Um brilho prateado em seu pescoço revela um colar, mas o pingente está escondido sob a camisa preta de botões.

Há uma tatuagem em seu dedo anelar esquerdo — dois Ms entrelaçados.

Os Criadores de Mitos.

Ele tem a pele morena, o cabelo castanho e o nariz largo e aristocrático da linhagem fundadora dos Criadores: a família del Coir.

— Malachi — diz Roc.

O homem sorri.

— Há quanto tempo, Crocodilo.

Penso no que sei sobre os Criadores de Mitos. Se bem me lembro, Malachi é um Mito de terceira categoria, então não faz parte do Conselho, mas, se ele tem sangue del Coir, governará eventualmente, desde que consiga encontrar o caminho de volta para a Terra Perdida.

Os Criadores de Mitos nas outras ilhas gostam de fingir que são desterrados, sua ilha perdida nas brumas do mar, mas eu não acredito nisso. Acho que eles encantaram a Terra Perdida há muito tempo para que seus inimigos não a encontrassem. Eles se fazem de vulneráveis, sem um lugar para pertencer, enquanto conspiram e se infiltram. Só aprendi mais sobre os Criadores depois que saí de casa, mas às vezes me pergunto se, ao voltar ao meu palácio, encontraria uma marca dos Criadores dentro das muralhas. Meu ex-marido não teria conseguido orquestrar seu golpe sem ajuda.

— Por favor, me diga — diz Roc, dando um passo à frente —, por que você invadiu meu armazém?

Malachi se afasta da pilha de caixotes e põe as mãos atrás das costas. Ele não é tão alto quanto Roc, mas seus ombros são mais largos, com músculos mais robustos sob o tecido justo do casaco. Ainda assim, um Criador de Mitos não é tão poderoso quanto seja lá o que Roc for, então não estou preocupada com um confronto.

Em geral, raramente é a força bruta que me preocupa. É o intelecto, os segredos que me inquietam.

— Ouvi dizer que você estava ocupado na Terra do Sempre — Malachi sorri.

Aceno discretamente para Wendy, gesticulando para que ela fique atrás de mim e de Roc, só por precaução.

Sei que ela consegue se virar, mas, dependendo das intenções de Malachi, Wendy pode ser um alvo e seus poderes são ofensivos, não defensivos.

Ela vê meu gesto e se coloca atrás de mim.

— Estou sempre ocupado — responde Roc. — Sabe como é, mente vazia é oficina do diabo.

— Sim. E Mareth?

Aí está. Ele já sabe que Roc devorou a bruxa.

— Deixe-me perguntar de novo. — Roc dá mais um passo. — Por que você invadiu meu armazém?

— Nunca imaginei que você fosse tão impaciente.

— Estou com uma coceira que preciso coçar e você está me impedindo.

— O chapéu.

Uma onda de consternação nos percorre.

Nada disso é coincidência.

Toda a leviandade desaparece da voz de Roc quando ele pergunta:

— Onde está?

— Não aqui.

A escuridão se abate sobre Winnie e Vane. Vane a aperta com força.

Nunca vi a sombra deles em ação, mas, pelo jeito que os pelos da minha nuca estão eriçados, eu diria que é uma força que não pode ser menosprezada.

— Vamos lá, todos se acalmem — diz Malachi por cima de Roc. — Tenho uma proposta.

— Não estou no clima para fazer negócios — responde Roc.

— É claro que você pode me matar. — Malachi dá de ombros. — Mas então nunca vai encontrar o chapéu e, aí, qual seria o sentido disso tudo?

Vane se inclina para Winnie e sussurra:

— Fique aqui. — Então ele se afasta e contorna o irmão, encarando Malachi. Um pouco da escuridão se dissipa, mas fios dela se misturam à luz difusa. — Qual é a proposta?

— Vane, você sempre foi o mais lógico. — Ele olha para os irmãos. — Tenho certeza de que não é surpresa para vocês, mas a monarquia da Terra Soturna está uma bagunça. O único membro sobrevivente da família Remaldi é Juliette e, neste momento, o Conselho Administrativo está tentando fazer dela uma moeda de troca, mas a reivindicação dela ao trono é, na melhor das hipóteses, frágil. Sempre houve rumores de que era uma bastarda. Não é o seu tipo de bastarda, é claro. — Ele dá uma piscadinha para Roc. — Como podem imaginar, é exatamente no caos que os Criadores de Mitos se refestelam. Eles estão aqui para derrubar a Terra Soturna. Quero ajudar vocês a impedir isso.

— Tá. — Vane estala a língua. — E você espera que acreditemos nisso?

— Ah, não, não pense que sairei sem minha própria recompensa.

— Prossiga.

— A Terra Perdida ser perdida, obviamente, é mentira, mas tem um fundo de verdade. Quanto mais tempo ficamos longe de casa, quanto menos Mitos há em terra firme, mais difícil encontrá-la ao tentarmos retornar. Se nos dispersarmos demais, ela realmente estará perdida. Para sempre. Os Mitos se tornaram gananciosos demais, desleixados demais. Se quer saber minha filosofia, acredito que cada ilha tem uma classe dominante por um motivo. Assim como o Império Romano no reino mortal, quanto mais você absorve, maior é a probabilidade de desmoronar. — Ele respira fundo e olha para Roc. — Há outro Mito aqui, chamado

Amanon. Um dos Sete. Esse Mito tem uma irmã. Tenho certeza de que você já ouviu falar dela.

— Mareth — Roc supõe.

Malachi assente.

— Ela sabe que você devorou a irmã dela. E virá atrás de você aqui, na Terra do Nunca, ou em qualquer outra ilha. Então, falando sério, que escolha você tem? É melhor aceitar minha proposta.

Vane e Roc se entreolham. Eles não dizem nada um ao outro, mas o silêncio se estende, quase como se carregasse palavras.

Finalmente, Vane diz:

— Presumo que você tenha um plano.

— Claro. — Malachi sorri. — Não sei se você ficou sabendo, mas, depois do seu papel na morte da família Remaldi, o Conselho Privado decidiu requisitar a Mansão Maddred.

Roc fica visivelmente tenso.

— Eles estão organizando um baile lá hoje à noite para anunciar o noivado de Juliette. Será a residência de verão dela. Aquele lugar é frio pra caralho. É o local perfeito para escapar do calor sufocante da cidade. Mas estou divagando. O Mito estará lá esta noite. Mate-a e eu te dou o chapéu.

Ele estende a mão.

— Temos um acordo?

Independentemente de Roc e Vane quererem ou não continuar com isso, sei que eles vão apertar a mão de Malachi. Acho que Roc tem mais consideração por promessas de mindinho do que por apertos de mão.

Os dois irmãos aceitam o acordo.

— Vejo vocês hoje à noite, então — diz Malachi. — É traje a rigor. Vistam-se adequadamente.

Ele passa por nós como um raio, a porta do armazém batendo em seu rastro.

18

WENDY

Assim que Malachi vai embora, Roc e Vane nos levam ao loft deles sem discutir os últimos acontecimentos. Fica apenas alguns quarteirões ao norte do armazém; não demoramos muito para chegar lá. A escada de acesso fica à direita da entrada de uma taverna, com uma chapelaria do outro lado. Coincidência ou não? Estou começando a me perguntar sobre a importância de chapéus para a família de Roc e Vane.

Primeiro, um chapéu mágico que pode remover a alma de Mareth, depois uma coleção de chapéus tão perigosos que somos avisados para não os tocar?

Percebi o interesse de Asha à menção da Coleção Variante. Ela sempre sabe mais do que a maioria.

Roc aciona um interruptor e, um por um, globos pendurados se acendem com gás e, em seguida, luz.

Olho ao redor. Este ambiente é a primeira coisa real de Roc em que estou imersa. Estando com ele ou perto dele, tudo o que encontrei sempre foi limitado ou controlado.

Não há onde se esconder aqui, mas, ao observá-lo, ele não parece afetado por isso. Não há qualquer ar de vulnerabilidade nele.

O loft é basicamente um grande espaço com uma cozinha à direita da entrada e uma sala de estar à esquerda, com uma mesa na extremidade oposta da sala, situada sob uma fileira de janelas embaçadas com o dobro da altura de Roc. Qualquer luz do dia que se infiltra pelas janelas tem um tom esverdeado. A maior parte do Umbrage é assim, escura, rústica e descorada. Roc parece estar em casa ali.

Ele vai até a cozinha e pega vários copos com uma das mãos, colocando-os na longa ilha que separa a cozinha da sala de estar. Enquanto serve uma rodada de bebidas, eu perambulo pelo perímetro da sala.

Há duas portas adicionais no cômodo principal. Espiando pela primeira, encontro um banheiro com piso de pedra preta e uma banheira com pés de cobre. A segunda porta leva a um grande quarto. Há uma cama king-size com cabeceira feita de fusos de metal preto. A roupa de cama — preta e sedosa — está esticada como se a cama tivesse sido feita e medida na ponta de uma régua.

Continuo perambulando. Livros estão empilhados em algumas mesas laterais, alguns nos parapeitos de pedra das janelas. Histórias clássicas de monstros, mitologias, história das Ilhas e do reino mortal.

Há um pesado cinzeiro de pedra sobre uma mesa de centro com apenas uma camada de cinzas dentro.

Roc oferece uma bebida a todos e, quando se aproxima de mim, segura o copo, com um brilho interrogativo nos olhos.

— Achou algo interessante, Majestade?

Desviei minha atenção dele. Na parede ao lado da porta do quarto, uma pintura a óleo. Há uma rainha ao longe, de pé no meio de um pântano, mas ela está pálida, grotesca, e parece estar gritando. O céu está tempestuoso e dramático. Em primeiro plano, uma sombra escura com olhos verde-claros.

— Quem é você? De verdade.

Ele finalmente me entrega o copo. Toma um gole. Não tira os olhos de mim, mas não consigo dizer se está olhando para fora ou me convidando para dentro, até o âmago escuro de quem ele é.

— Quem sou eu? — Ele sorri para mim. — Quem é você, Wendy Darling?

Há um desafio em suas palavras. Não para definir qualquer um de nós, mas para rejeitar a noção de que devemos ser definidos.

Isso me lembra de um poema que Asha leu para mim uma vez, o texto original contrabandeado dos reinos mortais para as Sete Ilhas.

Eu me contradigo?
Pois bem, então eu me contradigo,
(Eu sou grande, eu contenho multidões.)[1]

Roc contém multidões: homem, monstro e mito sombrio e tentador. Talvez, no meu desejo de conhecê-lo por quem ele realmente é, eu me enganei acreditando que ele poderia ser conhecido. Será que algum de nós pode ser de fato conhecido? Verdadeiramente por quem somos?

Olho para James por cima do ombro de Roc. Ele nos encara, observando, esperando. Se Roc é a força do vendaval que sempre nos impulsiona, James é o bote salva-vidas, garantindo que não nos afoguemos.

Preciso desses dois homens de maneiras diferentes, mas acho que não consigo estar verdadeiramente com ninguém até descobrir quem eu sou, as minhas multidões.

---

1 Tradução livre de trecho do poema "Song of Myself" (1892), de Walt Whitman (1819-1892). (N.T.)

Durante todos os anos em que lutei para sobreviver na corte da Terra do Sempre, dizia a mim mesma que, assim que escapasse, finalmente teria permissão para viver a vida que eu queria. A minha foi roubada de mim muito cedo, primeiro por Peter Pan, depois pelo rei Hald.

Talvez em algum lugar ao longo do caminho, eu tenha começado a acreditar que minha vida nunca seria minha. E essa crença me engoliu lentamente, ano após ano, como uma mancha escura.

— Isso é uma armadilha, sabia? — diz Vane.

Pisco, desvio o olhar de James e volto a encarar Roc.

— Tome sua bebida, Majestade — ele me diz e então se afasta, quebrando a tensão entre nós.

Quase tropeço para a frente, como se a atenção dele fosse uma muleta que eu precisava para me manter de pé.

Levo o copo aos lábios e tomo um gole. O álcool queima de maneira bem-vinda.

— Claro que é uma armadilha. — Roc vai até a cozinha e encosta o traseiro no balcão. Acende um cigarro e a fumaça sobe em espiral até o teto alto, girando em torno das lâmpadas pendentes. — A questão é: quem está por trás disso? Malachi nos passar a perna seria óbvio demais, e ele sabe disso. Acho que ele quer o que diz que quer. A questão é: será que está jogando limpo?

— O que a sua bruxa está dizendo? — pergunta Asha, sentada na ilha, com as pernas balançando na borda.

Roc deixa o copo de lado.

— Ela é contra trabalhar com ele.

— Isso também pode ser uma armadilha — diz Vane.

Roc bufa.

— Tudo é uma armadilha para você?

— Sim — responde Winnie com uma risada. — Ele suspeita de todo mundo.

— Porque todo mundo é suspeito.

Asha salta da ilha.

— Você acha que é coincidência eles terem tomado sua mansão?

Essa é a grande dúvida, com certeza. Estou pensando nisso desde que Malachi mencionou.

— Uma coincidência? — pergunta Roc. — Não. Foi uma decisão deliberada. Há pelo menos cem mansões e solares na Terra Soturna. Não precisava ser essa.

— Qual é o motivo para quererem essa, então? — Asha pergunta. Mas eu a conheço bem: não está atrás de uma resposta, apenas de uma confirmação para aquilo que já sabe.

— Aqui está o plano. — Vane se afasta de Winnie e vai para o centro da sala. É difícil não se sentir instantaneamente atraído por ele. Assim como Roc, há algo magnético em Vane. Eu costumava pensar que era a boa aparência dos dois, o que, sim, provavelmente é parte do encanto. Mas agora suspeito que seja também o poder deles, o monstro que se esconde neles. Deve conferir a ambos certo tipo de presença impossível de ignorar.

— Você vai ficar aqui. — Vane aponta para Roc. — E os dois vão ficar com ele. — Ele aponta para mim e para James em seguida. — Vocês dois são uma fraqueza para ele e, seja lá o que estiver acontecendo aqui, Roc está no centro de tudo.

Não quero admitir, mas ouvir Vane reconhecer minha importância para Roc me dá um frio na barriga. Ninguém conhece Roc melhor do que Vane. E, sim, Roc me tranquilizou no navio, mas há algo na confirmação de terceiros que torna tudo mais real.

— Asha e eu iremos para a mansão.

— E eu? — Winnie cruza os braços, antecipando uma briga.

— Você vai ficar aqui. — Ela inclina a cabeça e o encara, jogando o quadril para o lado. — Win — ele diz, quase um rosnado.

— A sombra é mais poderosa quando estamos juntos. Me exilar aqui só vai inibi-la.

— Ela tem razão — diz Roc.

— Cale a boca. Você não sabe nada sobre a sombra.

Tipo, meio mais meio é igual a um. Eu sei contar.

— Está bem. — Vane abre os braços, em sinal de deferência. A essa altura, não sei por que ele tenta lutar contra Win. Ela, claramente, sempre vence.

— Você, Asha e eu iremos para a mansão — ele continua. — Eu vou matar o Mito para cumprir nossa obrigação com Malachi e, assim que ele nos entregar o chapéu, vou acabar com a raça dele.

— Opa, também não precisa ficar todo passivo-agressivo. — Roc se abaixa para pegar Foguinho e aninha o gato nos braços. — Malachi está fazendo o que você ou eu faríamos se precisássemos manter as mãos limpas.

— Não tô nem aí. Vou matar o filho da puta mesmo assim.

Foguinho crava suas garras na camisa de Roc e sobe em seu ombro.

— Sinto que é meu dever apontar que, ao matar Malachi, desperdiçaremos um aliado em potencial nessa luta contra os Mitos. Mareth e sua irmã, Amanon... Posso garantir que elas não são os únicos na Terra Perdida planejando a ocupação das Sete Ilhas.

Vane cruza os braços.

— Ele invadiu nosso armazém.

— Sim, e poderia ter levado qualquer coisa. Levou um chapéu.

— Dessa vez. O que vai levar da próxima?

— Não o mate — Roc finalmente diz, e seu tom é conclusivo.

Vane resmunga, mas não prossegue com a discussão.

— Agora que isso está resolvido, vamos falar sobre os trajes. — Roc faz carinho no queixo de Foguinho, que adora a atenção.

— Acho que tenho um terno para você no meu closet, mas estou com falta de vestidos de baile para as mulheres.

— A loja da Lia ainda existe? — pergunta Vane.

— Sim. Mesmo prédio, mas proprietário diferente.

— Vou lá com elas. — Ele se dirige para a porta.

— Posso ir?

Vane para, já com a mão na maçaneta. Olha para mim, ponderando o pedido antes de conferir se o irmão dá permissão. Roc dá de ombros:

— Não sou dono dela.

— Gostaria de passar mais tempo com Winnie enquanto podemos — digo.

Posso ter sido rainha de um reino inteiro, mas tinha que pedir permissão para praticamente qualquer coisa que eu quisesse fazer. O hábito ainda me persegue como um fantasma.

Winnie se aproxima e passa o braço em volta dos meus ombros.

— Eu vou adorar.

Sinto um quentinho no peito com o seu toque. A maneira como ela demonstra afeto com tanta facilidade é algo que admiro, mas ainda assim não entendo. Toques eram proibidos na corte. Eram vistos como obscenos, impróprios. Só aconteciam entre quatro paredes, de preferência no escuro. A necessidade de ser tocado, de sentir o contato de pele com pele, não era algo que nos encorajavam a admitir.

— Vamos transformar isso em um passeio. — Winnie sorri para mim.

— Vamos todos então. — Roc estala os dedos para James. — Você também vem.

— Eu não quero ir comprar vestidos.

— Problema seu.

James resmunga, mas segue a ordem. Ele pode até estar acostumado a mandar em seu navio, mas, quando se trata de Roc, tanto ele quanto eu já encontramos alguém à altura.

A fachada da loja de Lia me lembra uma loja de doces. As colunas são pintadas de um verde vivo, enquanto a frente é pintada em um suave tom de salmão rosado. As delicadas cornijas talhadas à mão são douradas. A entrada é ladeada por duas vitrines salientes, onde vários manequins de madeira exibem uma coleção de vestidos finos, alguns de baile, outros de dia.

Roc empurra a porta, fazendo tilintar o sino de cobre pendurado acima. Ele segura a porta para que todo o nosso grupo entre. Uma luz suave cintila dos pendentes em forma de globo, não muito diferentes da iluminação do loft de Roc.

Ao longo dos anos na Terra do Sempre, eu tinha a sensação geral de que estávamos atrasados em termos de progresso. Quando visitantes de outras ilhas vinham à nossa corte, embora nunca dissessem abertamente, eu tinha a impressão de que sentiam falta do luxo de suas terras natais.

A maior parte da nossa iluminação era à base de velas ou lampiões de querosene. Foi somente nos últimos anos que alguns comerciantes da orla começaram a pressionar o Conselho Local para instalar uma iluminação mais moderna, mas é claro que o Conselho preferia nos manter na idade das trevas, literalmente. Os comerciantes não conseguiram muito progresso.

A iluminação que vi aqui na Terra Soturna parece usar algum tipo de gás. Os globos dançam com a luz, como chamas presas em uma garrafa. É hipnotizante.

— Não é possível! Meus olhos estão me enganando? — diz uma voz do fundo da loja. — O Crocodilo decidiu agraciar minha butique com sua presença mais uma vez?

— Ora, não me amole, Antony — diz Roc. — Estou aqui agora.

Um homem, com metade da altura de Roc, surge, célere, dos cabideiros. Ele veste um terno preto com uma gravata-borboleta do mesmo tom de salmão rosado da fachada. Seu cabelo é quase todo branco, assim como sua barba, fazendo um belo contraste com sua pele escura.

Várias pedras verdes brilham em brincos de prata em suas orelhas.

— Te perturbar é meu hobby favorito — diz Antony, parando ao lado de Roc. — Você... — Ele estreita os olhos e o mede de cima a baixo. — Mudou? O que há de diferente contigo?

— Ah, tantas coisas. — É o que Roc diz.

— Eu que o diga. — Antony enlaça seu braço no de Roc, aconchegando-se a ele.

James dá um passo à frente, colocando o gancho entre Roc e Antony.

Os dois homens encaram James e vejo a surpresa repentina em seu semblante.

— Eu... ele... — James se atrapalha. — Por favor, tire as mãos dele.

Antony inclina a cabeça para trás.

— Ah. Certo. Certo. — Ele olha para Roc. — Alguém finalmente conseguiu te fisgar?

— Quando um pirata bonitão me reivindica, quem sou eu para resistir?

Antony solta uma risada grave e calorosa, que parece deixar o ambiente mais leve.

— Não é bem assim — diz James.

Antony aperta a mão de James enquanto se afasta.

— Não precisa ser nada, amigo. Apenas deixe ser o que é.

Roc passa o braço em volta de James e o puxa pelo corredor, seguindo os passos de Antony.

— Sim, Capitão. Apenas deixe ser o que é.

Sinto o clima mudando para mim.

— Você sabe que também pode reivindicá-lo, né? — sussurra Winnie.

Asha e Vane desaparecem por entre os cabideiros, fingindo que estão olhando as roupas enquanto secretamente planejam a estratégia. Eles acabaram de se conhecer, mas Asha parece bastante à vontade com Roc e Vane, como se os três conseguissem se entender.

Caminhamos por um corredor e depois contornamos uma arara de vestidos simples de algodão. Roc e James reaparecem. Roc é tão alto que é fácil avistá-lo mesmo entre as araras de roupas.

Há uma autonomia envolvida em reivindicar algo, em decidir que aquilo te pertence, mas nada nunca me pertenceu. Peter Pan me sequestrou quando eu tinha dezoito anos e nunca mais voltei para casa. Nem mesmo minha própria bebê, sangue do meu sangue, pertenceu a mim. Ela foi tirada dos meus braços, contrabandeada para um mundo distante.

Tudo o que eu já tive foi roubado de mim.

Tudo o que eu tinha na corte da Terra do Sempre, eu sabia, lá no fundo, que pertencia a Hald e que ele poderia tirar de mim novamente a qualquer instante.

— Estou com medo. — As palavras me escapam sem que eu pense no que podem me custar.

Winnie inclina a cabeça, observando-me como uma peça de quebra-cabeça, como se tentasse definir meus limites para decidir onde eu me encaixaria melhor.

— Por quê? — ela pergunta enfim.

— Eles me abandonaram uma vez. Podem me abandonar de novo. — Minha visão fica turva de lágrimas. — E agora eles têm toda uma dinâmica da qual eu não faço parte. Não quero arruinar o equilíbrio deles.

Winnie dá uma risadinha.

— Já parou para pensar que você é o equilíbrio?

— Como assim? — pergunto, intrigada.

— Se tem uma coisa que aprendi na minha relação com Vane e Pan, Bash e Kas...

— Peraí, você está com os quatro? — Não consigo conter certa incredulidade em minha pergunta.

— Sim! Você não sabia?

— Acho que pensei que era Vane e Pan, principalmente. Os gêmeos... Acho que não tinha certeza.

— Os gêmeos não são tão óbvios quanto Vane e Pan. Kas e Bash não são tão possessivos ou territoriais. Mas, sim, estou com os quatro. Negociamos todos os obstáculos de um relacionamento a cinco. E, acredite, são muitos. O que eu estava dizendo, contudo, é que, embora eu tenha chegado bem mais tarde na dinâmica que eles tinham, e poderia facilmente ter me sentido excluída, logo percebi que eles precisavam de mim tanto quanto eu precisava deles. Gancho e Roc podem ter estabelecido algo antes de te encontrarem, e, honestamente, parece loucura dizer isso, pois, acredite, até bem pouco tempo eles estavam tentando se matar. Mas, enfim, o que eu quero dizer é que você não está sobrando, não ficou de vela. Eles precisam de você, exatamente pelo que você é.

Assim como você precisa deles pelo que são. Você só precisa se dar conta do que é importante para si e abraçar toda essa situação.

Passamos por uma prateleira repleta de tiaras e fitas de cabelo com paetês, bordados e penas.

— Você é minha tataraneta e, mesmo assim, sinto que é muito mais sábia do que eu jamais fui.

Winnie ri e pega minha mão carinhosamente.

— Existe um ditado no meu mundo, no nosso mundo, que diz "finja até conseguir". Eu estou basicamente fingindo.

Rimos juntas.

— Como é o nosso mundo agora? O que acha que poderia me surpreender?

— Hmmm, meu Deus. Deixe-me pensar. Tem tanta coisa. — Continuamos andando pela loja. — Ah, aqui vai uma boa: mulheres finalmente podem ser donas de suas propriedades.

Eu paro.

— É sério?

Winnie assente.

— E também podem ter contas bancárias.

Chegamos aos fundos da loja. Vane e Asha escolheram um vestido verde para Winnie e, embora ela me pareça alguém que gosta de ser responsável por suas escolhas, não oferece resistência, provando que talvez seja a mulher mais comedida que já conheci.

Gosto mais e mais dela a cada minuto.

Asha decide usar um vestido preto esvoaçante — "Para esconder minhas armas" — e Vane escolhe um smoking.

Enquanto eles finalizam as vendas, admiro um lindo vestido vermelho em um manequim exposto em um nicho arqueado. O corpete é justo, com centenas de paetês bordados. A saia é feita de camadas e camadas de tule, mas há uma fenda lateral para deixar à mostra a perna de quem o veste.

— Este aqui também. — Ouço Roc dizer atrás de mim.

— Excelente escolha. — Antony se aproxima de mim. — Com essa pele e o cabelo escuro, ficará fabuloso em você.

— Ah. Não. Quer dizer, eu não tenho dinheiro e deve custar uma fortuna.

Encontro o olhar de Roc. Ele não está olhando para o vestido, mas diretamente para mim, quando diz:

— Pode embalar, Antony. Coloque na minha conta.

Antony dá uma piscadinha para mim.

— É pra já.

Alguns funcionários aparecem dos fundos, e todas as compras são dobradas e embaladas em papel de seda, depois em caixas.

— Não precisava — digo a Roc. — Não tenho onde usá-lo. É um desperdício do seu dinheiro.

— Ah, eu não comprei para você — ele responde.

— Não entendi...

— Comprei pensando em mim. Queria ter a oportunidade de arrancá-lo do seu corpo em um futuro bem próximo. — Roc me dá uma piscadinha. O rubor se alastra por minhas bochechas. — E foi exatamente por isso, Majestade, que comprei aquele vestido. A impropriedade te deixa corada, e eu acho isso uma delícia. Muito em breve, te farei implorar por depravação.

Antony o chama, deixando-me sem ação diante do manequim agora nu, com o rosto queimando, um calor molhado se acumulando entre minhas pernas.

19

ROC

O SANGUE ESTÁ PERDENDO O EFEITO CADA VEZ MAIS DEPRESSA. Ele os observa discutindo o plano.

Ele os observa se arrumando. Colocando os vestidos. O smoking.

Acende um cigarro para aliviar a tensão. Vira uma dose de rum caro. Depois outra. Não consegue ficar parado. Se ficar parado, vai ceder.

Ele precisa de mais sangue de Vane, mas não pode continuar bebendo o sangue do irmão assim. De onde eles vêm, tudo tem um custo, e, mais cedo ou mais tarde, isso também terá um preço.

A luz no fim do túnel está se apagando.

Nao se preocupe, diz a bruxa. *Eu vou cuidar de você.*

Ele consegue ouvir a voz de Wendy, seu timbre alegre.

Lembra-o do vento soprando nas folhas.

Em calmaria.

Em calmaria.

A luz agora não passa de um pontinho luminoso, o mundo abafado ao seu redor.

O cigarro está queimando até o fim, preso entre seus dedos.

Vá em frente, diz a bruxa. *Eu vou cuidar de você. Só me deixe...*

— Beba.

Pisco para o meu irmão.

Vane está coberto pelo luar prateado que se derrama pelas janelas do loft. Está de smoking, com o cabelo penteado para trás.

A voz da bruxa silencia. Ela não gosta de Vane. Ele é um homem difícil de se gostar.

A luz da lua ilumina o sangue no fundo de um copo de shot firmemente segurado por Vane.

— Estamos quase lá — diz ele. — Vá em frente.

Que escolha eu tenho? Estão me deixando sozinho com o Capitão e Wendy. Se eu não conseguir me controlar...

Pego o copo e viro de um gole só.

— Você estava começando a se transformar de novo — ele me diz e, quando olho para os outros, consigo ver a apreensão em seus rostos, confirmando. — Não está durando tanto, não é? — ele pergunta, mas não é bem uma dúvida.

— Estamos quase lá — digo, ecoando suas palavras, e ele concorda.

— Deixe o Mito comigo. Não será difícil. Vou pegar o chapéu e você vai ficar bem.

— Eu sei. — As palavras não soam confiantes, porém, e Vane percebe.

— Você pegou a espada? — pergunto, e ele estremece. — Está no quarto, onde guardamos as lâminas.

— Ainda não chegou a esse ponto.

— Não chegou?

— Não estou disposto a arriscar a lâmina, não na mansão. Ela fica aqui.

Ele tem razão.

— Estamos prontas. — Asha está na porta. O vestido que ela escolheu é apenas uma versão diferente do seu uniforme de soldado: escuro como a noite, muito fácil de se camuflar nas sombras; um tecido que não lhe restringe os movimentos, para que ela possa lutar se precisar sair de uma situação difícil.

Entre Vane, Winnie e Asha, quase sinto pena do Mito.

— Obrigado por tudo que estão fazendo. — Deixo o copo de lado, o fundo ainda tingido de vermelho.

Vane assente.

— Agradeça-me quando eu lhe trouxer o chapéu. E não saia daqui. Prometa.

— Promessa de mindinho. — Estendo meu dedo mindinho para ele. Vane bufa e se vira.

Foguinho pula no meu colo e gira em círculo, depois começa a amassar minha coxa com as patas. O diabinho crava suas garras em minha carne, mas a dor ajuda a afastar um pouco da sensação de confusão que ainda permeia minha consciência.

A bruxa pode ter sido repelida pela nova dose de sangue, mas não está mais quieta. Eu deveria estar preocupado. E *estou* preocupado.

— Não vamos demorar.

E então eles partem.

20

VANE

Alugamos uma carruagem para nos levar à mansão. É bem luxuosa, com os bancos duplos estofados em veludo vermelho e o interior forrado em couro preto. Duas pequenas lanternas piscam do lado de fora, lançando uma luz suave pelas janelas.

Pode ser um luxo, mas, quando seu meio de transporte padrão é voar, tudo empalidece em comparação.

Eu me remexo no assento.

Winnie segura minha mão na dela, nossos dedos entrelaçados.

A sombra suspira de contentamento.

Quando estamos separados, ela se revolta.

Quando estamos juntos, ela se acalma.

Quando estamos pele com pele, ela se acomoda em nossas cavidades como uma maré enchendo um milhão de pequenas poças.

Quase suspiro com isso.

— Historicamente, sombras nunca se dividiram — diz Asha do banco à nossa frente. — Como vocês conseguiram?

— Sombras fazem o que querem fazer. — É minha resposta, ao mesmo tempo em que Winnie diz:

— Ela me reivindicou e, quando Vane foi empurrado de um penhasco, implorei que ela também o reivindicasse.

— Ela está minimizando, é claro — acrescento. — Win pulou do penhasco atrás de mim. A mulher que tem medo de altura.

— Recuperando-se do medo de altura. — Ela sorri. — Quando se ganha a habilidade de voar, a gravidade não é mais um fardo.

O olhar de Asha corta entre nós.

— Vocês, irmãos Maddred, gostam de mulheres fortes.

Uma afirmação. Um fato. Uma observação.

Se alguém tivesse me dito a mesma coisa nesta mesma época do ano passado, eu teria negado. A Sombra da Morte da Terra Soturna gostava de aterrorizar. Ela queria perseguir, violar e dominar; precisava se sentir superior. Havia dias em que até mesmo ficar perto de Peter Pan era difícil, porque a sombra sabia que Pan era mais poderoso do que ela.

Creio que parte disso se devia ao fato de que a sombra e eu nunca fomos um par compatível, e ela odiava estar fora de sua ilha. A Sombra da Terra do Nunca é diferente em todos os sentidos. Concordar em se dividir é um deles. E eu nunca tive a sensação de que basta um dia ruim para a Sombra da Terra do Nunca me rasgar de dentro para fora.

A carruagem para com um estrondo em um cruzamento movimentado. Saímos do Umbrage e entramos no Bairro Mercante, nos arredores da Cidade das Trevas. A Terra Soturna é composta de várias cidades de médio porte, sendo a Cidade das Trevas a maior delas. Todo o resto gira em torno dela, quase como um relógio de sol. Até mesmo o Umbrage, com todos os seus modos desajustados e rebeldes. A Mansão Maddred fica no extremo noroeste da Cidade das Trevas, a meio caminho entre a cidade e o Porto das Noites, na costa norte da ilha.

Quando o trânsito está livre, seguimos em frente, atravessando o cruzamento e o Bairro.

Winnie está curvada para a frente, tentando ver tudo o que pode pela janela. A Terra Soturna e a Terra do Nunca não poderiam ser mais diferentes uma da outra. A Terra do Nunca é mais selvagem, com certo elemento de liberdade, enquanto a Terra Soturna sempre teve uma atmosfera de restrição e controle. Eu odiava tudo aqui. E só percebi o quanto quando nosso pai foi exilado e nossos títulos foram confiscados. Eu me debati por muito tempo com a Sombra da Morte da Terra Soturna, porque ela queria retornar e eu não. Mas abrir mão dela... Eu sempre tive plena consciência de que abrir mão dela significaria entregar seu poder a outra pessoa, e isso nunca foi uma opção. Acho que, no fundo, eu sempre soube que tinha que ser Roc. Não confiaria a sombra a mais ninguém.

Passamos por algumas lojas que fervilhavam de atividade da última vez que estive aqui e agora estão fechadas com tábuas, janelas quebradas e fachadas pichadas e manchadas.

Isso me pega de surpresa, e deve ser evidente porque Asha diz:

— Houve uma revolta aqui anos atrás. Uma luta entre a classe dominante e os pobres.

— Roc não me contou.

— Provavelmente porque isso nunca o afetou. Ele podia facilmente ficar do lado dos pobres e se virar e festejar com os ricos. Ambos o amavam.

— Então tudo se resolveu? A luta? Estou surpreso que não tenham reabilitado os prédios.

— Os pobres foram expulsos — explica Asha. — E, no ano seguinte, foram taxados em dobro. Acho que as ruínas foram mantidas para lembrá-los do que acontece quando saem da linha.

Os ricos e os nobres da Terra Soturna sempre abraçaram a mentira de que eram melhores do que a classe baixa. Nascimento nobre significava sangue superior. E, embora a classe mercantil nunca tenha conseguido penetrar completamente na nobreza, contentavam-se em estarem próximos dela, certos de que, quando chegasse a hora, estariam protegidos de quaisquer males que assolassem a classe baixa.

Com o Bairro Mercante para trás, grandes casarões de tijolinhos marrons começam a dominar as ruas. A maioria dessas casas pertence a comerciantes ricos e foi projetada por Hil Howe, um arquiteto semicélebre do reino mortal. Ele já morreu, o que só aumentou o valor das propriedades.

— Falta muito? — pergunta Winnie.

Olho pela janela para me orientar. Surge à vista um edifício neoclássico de três andares. A fachada frontal é construída em calcário branco, as colunas ornamentadas, as janelas arredondadas com cúpulas decorativas de pedra branca. Se bem me lembro, pertence a um comerciante do ramo têxtil conhecido como o Barão da Seda.

— Estamos perto — responde Asha antes de mim.

— Você conhece bem a Terra Soturna.

— Conheço.

— Quanto tempo você morou aqui?

— Muitos anos.

— Para alguém conhecida por sua precisão, essa é uma resposta um tanto quanto imprecisa.

Ela apenas me encara.

Nesse vestido, com os cabelos presos para trás, ela poderia se passar por qualquer nobre. Roupas elegantes e modernas, mas o olhar vago, seja por tédio, seja por desinteresse. É notável como

Asha consegue entrar rapidamente em um papel. Ela deve ser muito perigosa.

— Qual é o seu lugar favorito na Terra Soturna? — pergunta Winnie.

Ela sempre teve fome de migalhas da minha vida antes da Terra do Nunca. Como se conhecer meu passado pudesse descascar as camadas de quem eu sou no presente.

Ah, se ela soubesse o quanto de mim eu abandonei para ter minha vingança e conseguir sobreviver. Se soubesse o quanto Peter Pan me mudou.

Asha considera a pergunta cuidadosamente.

— Os Jardins Noturnos.

— Só o nome já impressiona — diz Winnie.

— Pois é! — Asha observa um homem passando na calçada enquanto esperamos em outra pausa no trânsito. — Toda a folhagem é preta ou branca. E, na lua cheia, as flores brancas quase brilham. É absolutamente lindo.

Winnie olha para mim.

— Você sabia disso?

— Claro.

— Podemos ir?

— Se tivermos tempo entre os assassinatos e a chantagem, podemos.

Asha ri.

— Sei que foi uma brincadeira, mas dá para perceber que assassinatos e chantagens também não são incomuns para você.

Eu queria que não fosse o caso. Queria que tantas coisas fossem diferentes.

A carruagem finalmente consegue romper o tráfego. Atravessamos o próximo cruzamento e lá, no fim da rua, surge o grande portão de ferro forjado que antecede o longo e sinuoso caminho até a Mansão Maddred, erguida sobre a encosta suave de uma colina.

Maddred, tal como o próprio nome e a origem da família, é construída em pedra de um vermelho vivo, cor de sangue. A estrutura principal, no centro da mansão, tem três andares, com varandas no segundo e no terceiro piso. É ladeada, a leste e a oeste, por alas de apenas dois andares. Ao contrário dos casarões neoclássicos de pedra marrom nos arredores do Bairro Mercante, o estilo arquitetônico da mansão é difícil de classificar nas Sete Ilhas, pois não se originou aqui.

O tamanho pode ser grandioso, mas o estilo é minimalista, quase militar em sua rigidez e simplicidade. Meu pai queria assim. Minha mãe preferia o estilo suave e campestre das casas do litoral norte. O dinheiro era dela, mas a última palavra sempre foi dele.

Os cavalos param quando o cocheiro anuncia nossos nomes. O portão se abre rapidamente para dentro, permitindo nossa entrada.

Não pensei que vir aqui me afetaria. Mas, de repente, sinto o impacto.

A sombra vem para mim, sua energia inundando minhas veias com um antídoto calmante.

Continuo de mãos dadas com Winnie, e ela passa o outro braço em volta do meu cotovelo, puxando-me ainda mais para perto.

Estou bem, é o que eu quero dizer, mas ela saberia que é uma mentira.

A sombra não esconde nada.

Meia dúzia de carruagens já estão enfileiradas, esperando seus ocupantes atravessarem o pórtico enquanto subimos ruidosamente a entrada.

— Vamos repassar o plano mais uma vez — eu digo.

— Ficamos juntos até identificarmos a bruxa — diz Winnie.

— Então nos separamos — acrescenta Asha. — E Winnie e eu nos posicionamos como reforços.

— Assim que eu completar a tarefa, vocês vão atrás de Malachi para confirmar. Se ele não estiver com o chapéu, eu vou arrancar as entranhas dele pelo nariz.

— Não, não vai. — Winnie dá um tapinha na minha coxa. — Porque, quando ele morrer, não saberemos onde ele colocou esse chapéu mágico.

— Então eu vou obrigá-lo a me dizer onde está o chapéu e lhe arrancar as entranhas pelo nariz.

Winnie me encara. Não é um olhar ameaçador. Não há nada de ameaçador nele. É apenas frio e distante, como se ela estivesse tramando todas as maneiras pelas quais vai me torturar até que eu implore por perdão.

E, para ela, tortura não é sangue, miolos e tripas. É guerra psicológica.

— Quer repassar o ataque ao Mito? — pergunta Asha. — Não é fácil...

— Matar um Mito. Sim, eu sei. Mas tenho a Sombra da Morte. E qual é a melhor maneira de combater a escuridão do que com algo ainda mais tenebroso?

— Então como planeja matá-la? Você nunca me disse.

— A sombra se move entre nós — explica Winnie. — Então eu vou jogá-la em direção a Vane.

— E, com força total, a sombra pode arrancar membros de corpos, músculos de ossos. Vai ser uma carnificina, mas, felizmente, não será minha responsabilidade limpar. Vou deixar isso para Malachi.

— E como vai atraí-la para um lugar privado?

Essa é a parte que eu mais detesto, e ter de explicá-la é como arrancar minhas próprias entranhas pelo nariz.

Winnie se inclina para Asha e fala baixinho, como se estivesse prestes a compartilhar um segredo:

— Não sei se você percebeu, mas as mulheres têm dificuldade em ignorar Vane.

— Então você vai seduzi-la? — A voz de Asha fica aguda de descrença.

— Minha taxa de falha é inferior a dez por cento — eu a tranquilizo.

— Não acha que o Mito vai te ver e desconfiar imediatamente?

— Pelo que os Mitos são tão conhecidos?

— Manipulação. Persuasão. Submissão.

— Sim, e a arrogância deles costuma ser sua ruína. Ela pode desconfiar de mim, mas temos aí uma oportunidade de explorá-la, porque a desconfiança é também um desafio para me submeter à vontade dela. Mas ela não vai conseguir, é claro. Ninguém é capaz de me persuadir.

— Rá! — Winnie grita. — Eu consigo te persuadir a fazer um monte de coisas.

— Não preciso saber — diz Asha.

A carruagem avança novamente. Somos as próximas na fila para desembarcar.

— Para conseguir, é claro, preciso me controlar — diz Winnie. — Será a tarefa mais difícil, mas estou disposta a superá-la. — Ela sorri inocentemente para mim.

Esse olhar, essa petulância... Porra, se estivéssemos sozinhos agora...

Ela percebe minha mudança de pensamento e pisca para mim, sabendo muito bem para onde minha atenção se dirigiu.

Finalmente, estamos sob o pórtico. Um dos criados abre a porta da carruagem, colocando um banquinho embaixo. Desço primeiro para poder oferecer a mão a Winnie, depois a Asha.

As garotas se aprumam, alisando os vestidos.

Caminho até o pé da escada e olho para cima.

O vento sacode as folhas dos carvalhos.

O sangue corre em minhas veias, mas me sinto vazio.

Não sou um cara ansioso, porém, às vezes, uma sensação de ansiedade surge, e, sempre que isso acontece, lembro-me de algo que li, repetindo-o na minha cabeça como um mantra.

Na maioria das vezes, é Poe. Leio-o com frequência. Por algum motivo, sua poesia me ajuda a entender a escuridão, as monstruosidades, o abismo no meu âmago, que ameaçam me engolir por inteiro.

Os espíritos dos mortos, que um dia
Em vida diante de ti se erguiam,
Agora, na morte, te cercam,
E sua vontade, sombra que te envolve,
Pairará sobre ti; silencia.[2]

Eu não queria voltar aqui.

— Estou aqui — sussurra Winnie, colocando-se ao meu lado.

— Eu sei.

— Eu te amo.

— Eu também te amo.

— Agora vamos matar algumas bruxas e, depois, vou te jogar na minha cama e ter uma conversinha com você.

Olho para Winnie, que abre um sorriso reluzente para mim, e não consigo conter o riso.

---

[2] Tradução livre de trecho do poema "Spirits of the Dead" (c. 1828), de Edgar Allan Poe (1809-1849). (N.T.)

21

ROC

Ele está fascinado observando o Capitão James Gancho acendendo uma cigarrilha, os lábios envolvendo a ponta, os pulmões inalando a tragada.

— O que foi? — pergunta o Capitão, franzindo o cenho para ele do outro lado da sala.

Wendy prepara um coquetel para eles e continua tagarelando sobre sua receita, típica da Corte da Terra do Sempre. Algo com xarope de rosas, gim e suco de limão. Ela se ocupa com a tarefa, medindo cada ingrediente com a precisão de uma cientista.

Está nervosa por ficar sozinha com eles novamente. É a primeira vez desde que transaram no Palácio da Terra do Sempre.

Ele está faminto pelos dois.

A bruxa gira sob a superfície como um redemoinho ameaçando engoli-lo.

O Capitão prova o gim puro e faz uma careta.

— Horrível — diz ele.

— O xarope de rosas tempera o gim — diz Wendy. — Espere até experimentar a bebida antes de dizer que não gosta.

— Está bem.

Wendy abre uma gaveta, depois outra.

— Onde estão suas colheres?

Ela está olhando para nós.

Fale.

Diga alguma coisa.

— Roc?

— Segunda gaveta da esquerda.

Ele quer jogar Wendy no balcão e comer sua boceta até ela chorar. Quer dobrar o Capitão sobre o sofá e trepar com ele até ele não conseguir mais enxergar direito.

E então nós os devoraremos.

Ele sai do torpor.

Não.

Sim.

— Roc?

O copo na mão estendida de Wendy está cheio de um líquido rosa-choque.

— Você está bem?

Estou duro, faminto e horrorizado.

— Não posso ficar aqui. — Eu me levanto da poltrona.

— O quê? — Ela coloca o copo na mesa mais próxima.

O Capitão entra na minha frente.

— O que houve?

Respiro fundo e fecho os olhos com força. Se eu olhar para James por muito tempo, muito de perto, vou cair cada vez mais fundo e não sei se consigo sair.

Você não me controla.

Se é o que você pensa, responde a bruxa.

— Preciso de mais sangue. Preciso do sangue de Vane.

Passo por ele e vou até a porta.

— Agora?

— Sim. Agora.

— Ele te fez prometer que ficaria aqui — diz Wendy.

— Ele não fez a promessa de mindinho.

Wendy bufa. O Capitão atravessa a sala e coloca o gancho acima da maçaneta.

— Se insiste mesmo em ir, então nós vamos com você.

Olho para eles. Wendy, menor, do outro lado da sala, parecendo pálida e indefesa. O Capitão ao meu lado, maior, mas, de alguma forma, ainda mais frágil.

— Você estão correndo risco.

— E daí? — pergunta o Capitão.

— E daí que eu não vou permitir.

Wendy corre até mim e agarra meu punho.

— Você não pode nos dizer quando e como vamos ficar do seu lado.

É exatamente isso que a bruxa quer, é o que eu acho. Mas não posso verbalizar. Não posso demonstrar fraqueza. Não posso parecer que me importo tanto que chega a doer.

— Já que insistem.

— Me deem dez minutos. — Wendy corre para o quarto, onde seu vestido novo está pendurado no armário. — E então partiremos. James, você pode chamar uma carruagem?

— Claro. — Para mim, ele diz: — Sente-se. Fume um cigarro. Tome uma bebida.

— Sim, Capitão. — Fecho os olhos novamente.

Ele suspira. O suspiro sai pelo nariz, fazendo meu interior se iluminar.

Antes deles, eu tinha uma vulnerabilidade: Vane. Mas ele é quase invencível. Wendy e o Capitão... eles não são tão impenetráveis. Fortes, mas não sem fraquezas.

E o que representa o maior perigo para eles?

Posso ser eu.

Com o Capitão chamando uma carruagem e Wendy agora no banheiro se arrumando, entro no meu quarto. Há um abajur na mesa de cabeceira. Desparafuso o pino no topo e retiro a cúpula de tecido. A parte externa se solta com outro estalo, e o que resta é o punho de uma espada.

Um botão oculto na parte de trás da base do abajur libera a lâmina, e a arma desliza para fora.

Tem cerca de metade do comprimento do meu antebraço, feita de um tipo específico de um metal que não existe aqui. O cabo é de madeira de espinheiro, desgastado pelo tempo e pelo uso.

Ainda me lembro das palavras do meu tio quando me deu a espada, tantos anos atrás.

Rápida e afiada, sempre pronta para o serviço.

À primeira vista, seria fácil confundi-la com nada mais do que uma faca de cozinha.

Talvez ela tenha sido feita para passar despercebida.

Porque essa espada, em particular, é o único tipo de lâmina que pode matar Vane e eu. A única capaz de matar monstros. *Nossos monstros.*

Coloco-a em uma bainha presa ao meu antebraço esquerdo e a escondo sob a manga da minha camisa.

22

ASHA

Existe, sim, o excesso de informação, e, neste momento, estou à beira da sobrecarga.

Há simbolismo em absolutamente tudo na Terra Soturna. Desde a Estátua da Escuridão, no centro da cidade, que simboliza a libertação que vem do ato de abraçar o lado obscuro; passando pelas serpentes frequentemente entalhadas, pintadas ou moldadas nas fachadas dos prédios, declarando sua inclinação natural para proteger e defender o que lhes pertence; até os crânios cunhados nas moedas, simbolizando morte e renascimento.

A Mansão Maddred não é diferente. Embora não exiba a arquitetura rebuscada comum entre a nobreza, demonstra força na contenção, o que é irônico, considerando que a mansão foi confiscada da família por causa da ganância do patriarca.

Sigo atrás de Vane e Winnie enquanto eles sobem as escadas — três patamares separados com degraus curvados para fora como uma lua crescente.

Quando chegamos à grande entrada principal, iluminada por uma enorme luminária em gaiola, paro repentinamente.

Vejo um brasão esculpido na pedra acima das portas duplas.

Minha teoria, confirmada.

Eu conheço esse brasão.

Como é típico dos brasões da Terra Soturna, há um elmo de cavaleiro no topo, do tipo medieval, com uma fenda para os olhos, e uma grande pluma negra no alto. Atrás do elmo, há um arabesco vermelho e preto. Abaixo, o escudo com a lua crescente e duas estrelas, ladeado pelas duas figuras tradicionais: um corvo e um esqueleto.

O lema da família vem logo abaixo, escrito em soturnês arcaico: *viere magnar, mori melius.*

Viver grandemente, morrer melhor.

A presença do brasão comprova minhas suspeitas anteriores.

Winnie percebe minha hesitação.

— Você vem?

Vane segue meu olhar e franze o cenho ao notar o que eu vejo.

— Deveríamos nos preocupar? — pergunto.

— Com o quê? — A carranca de Vane se aprofunda.

— É. — Winnie nos olha. — Com o quê?

— Aquele brasão — explico, mais para ela do que para Vane, porque ele claramente sabe o que significa. — É o brasão da família Corbeld. A linhagem matriarcal da família de Vane e Roc.

— Sua mãe? — ecoa Winnie, e a tensão de Vane nos diz tudo o que precisamos saber.

— E, depois da família Lorne, os Corbeld eram os próximos na linha de sucessão ao trono. O que faz de Roc...

Vane é rápido, puxando primeiro Winnie, depois a mim, conduzindo-nos para as sombras dos arbustos que margeiam a frente da casa.

— Fomos destituídos de nossos títulos — ele diz rapidamente. — Talvez, em algum momento, Roc tenha sido o quinto na linha de sucessão ao trono, mas ele não é mais. As ações do nosso pai garantiram que não.

Winnie cruza os braços, ouvindo atentamente.

— Foi a família Lorne que tirou sua posição, e os Lorne não estão mais no poder. Você não acha que os Mitos conseguiriam articular a subida de Roc, se assim quisessem?

Vane resmunga, rangendo os dentes.

Winnie entende depressa porque é inteligente e não está com o pensamento nublado por eras de bagagem familiar. Pelo menos não quando se trata da família Maddred.

— Você acha que os Mitos estão tentando instalar Roc no trono da Terra Soturna? — ela pergunta.

— Sim. — É minha resposta.

— Mas eles precisariam controlá-lo para isso...

— Exatamente — eu digo. — Pergunte a Vane se isso é possível. Se, ao devorar uma entidade poderosa o suficiente, ela pode tomar posse de seu corpo.

— É algo sem precedentes — ele diz rapidamente.

— Mas não impossível? — pergunta Winnie.

Vane finalmente desfaz a carranca.

— Não, não é impossível.

— Então foi por isso que você se afastou de mim. — Winnie se coloca na frente dele, forçando-o a olhar para ela. — Achei que era porque você estava se concentrando na missão. Achei que estava atraindo a sombra para si e, por causa disso, a conexão entre nós tinha enfraquecido. Mas não, você está me mantendo longe de propósito porque está com medo.

— Não estou com medo.

— Então abra a conexão.

Eu espero, sem saber ao certo como essa conexão funciona ou se vou perceber quando ela se abrir. É fascinante vê-los se comunicar e interagir com a sombra. Eles parecem ter uma conexão quase telepática. Não me interesso tanto por ciência nem pelo estudo do sobrenatural nas Sete Ilhas, mas a arquivista em mim fica curiosa com qualquer ponto de contato com a história bem documentada das Ilhas. Uma conexão como essa poderia ser não apenas uma fraqueza, mas também uma força incrível. Isso explica por que a posição da Terra do Nunca nas Ilhas está lentamente ganhando terreno de novo. Pan sempre foi uma figura proeminente, mas perdeu parte de sua influência quando a sombra o deixou. Agora que eles têm as duas sombras da Terra do Nunca e derrotaram Gancho e a Rainha dos Fae, o resto das Ilhas vai pensar duas vezes antes de cruzar o caminho de Pan.

Mas estou me desviando do assunto.

Foco, Ash.

Winnie solta um suspiro de frustração, então só posso presumir que Vane não abriu a conexão.

— Vamos completar esta missão — diz ela —, pegar o chapéu de Malachi e então tudo isso não terá mais importância. Ou pelo menos a parte em que os Mitos estão tentando possuir Roc e usá-lo para derrubar a monarquia da Terra Soturna. Se Roc quer ou não ser Rei da Terra Soturna, aí depende dele.

— Ele nunca quis governar — admite Vane.

— É, Roc adora ser mimado — diz Winnie.

— Isso é irrelevante. Sendo o quinto na linha de sucessão, nunca se esperou que um dia ele governasse. Roc abraçou todos os privilégios da realeza e foi autorizado a ignorar os deveres. Não sei exatamente como se posicionaria agora, mas ele nunca foi de assumir responsabilidades.

— Certo, você tem razão. — Winnie respira fundo. — A boa notícia é que Roc prometeu ficar em casa, longe do perigo.

— Sim — Vane olha para ela —, mas você confia mesmo que ele vai cumprir essa promessa?

— Claro que sim... quero dizer... *talvez*...

Vane resmunga novamente e então se dirige para a porta.

— Vamos acabar logo com isso. Quanto mais cedo eu matar esse Mito, mais cedo poderemos nos livrar desse pesadelo.

Somos conduzidos pelo saguão por criados de librés roxas que combinam. Há várias pessoas circulando, ainda ajustando saias volumosas e adornando os ombros nus com xales diáfanos. O saguão, imponente, tem um teto abobadado de três andares, sustentado por vigas curvadas, e se estende até uma porta dupla que leva ao salão de baile. A maioria das pessoas segue nessa direção.

Examino o saguão enquanto caminhamos.

Pinturas a óleo estão penduradas nas paredes, enquadradas em molduras douradas. Mulheres que não reconheço, com roupas que datam dos séculos XVI e XVII. Homens com rostos sérios e bocas severas, com trajes das mais diferentes épocas. Há pedestais de mármore dispostos entre cada pintura, alguns com bustos de mármore, outros exibem cerâmicas antigas.

A história aqui é tentadora.

Finalmente chegamos ao salão de baile, onde outro criado nos dá as boas-vindas à Mansão Maddred. Sua atenção se fixa em Vane, sobretudo no olho com a cicatriz. Mas, verdade seja dita, toda a presença dele impõe respeito.

Será que o homem sabe que foi a família de Vane que construiu esta mansão?

— Obrigada pela calorosa recepção — diz Winnie.

O homem se atrapalha na resposta antes de finalmente dizer:

— Obrigado eu.

Não é legal rir de alguém claramente perturbado pelo poder e pela presença de outra pessoa, mas eu já passei por isso e, toda vez que penso nos meus deslizes, sinto vontade rir.

Então, aperto os lábios, tentando conter a diversão inesperada.

Dentro do salão de baile, encontramos a festa a todo vapor.

A Terra Soturna adora suas festas escuras e aconchegantes (embora, às vezes, "aconchegante" seja apenas um código para "libertinagem discreta"), e esta não é diferente. A iluminação do teto está apagada, enquanto cordões de luzes foram pendurados de um lado a outro em toda a extensão do salão. As arandelas foram acesas, mas a luz não bruxuleia como a iluminação a gás do Umbrage. Esse tipo de iluminação é algo mais moderno, mais uniforme.

Lá fora, o calor do dia já se dissipou, substituído pela suave brisa do oceano, mas, no interior da Mansão Maddred, o frio da noite parece ter se infiltrado mais cedo. Está gelado aqui dentro. Estranhamente, porém, todas as inúmeras lareiras estão apagadas e frias.

Nenhum fogo.

Nenhuma chama em lugar algum.

E o fogo é considerado o mais acolhedor dos elementos.

Sinais de alerta começam a soar em minha cabeça.

Há uma peça de quebra-cabeça que sei que se encaixa aqui, mas ela está desfocada, um pouco fora do meu alcance.

Contornamos o perímetro do salão até avistarmos Malachi junto à mesa de bebidas.

Vane vai direto até ele.

— Onde ela está?

— Ei, calma. — Malachi oferece uma bebida a Vane.

Vane pega o copo e o esvazia de um gole. Está tenso? Ou talvez apenas impaciente, porque, logo depois de bater o copo na mesa mais próxima, ele diz:

— Não tenho a noite toda.

Fico de lado, examinando Malachi.

Ele segura a própria bebida com a mão direita e toma um gole casualmente.

Mais alarmes.

Ele parece o mesmo. Fala do mesmo jeito. Mas há um arrepio subindo pelos meus braços, eriçando os pelos da minha nuca, e, quando dou um passo para a esquerda, algo no rosto dele se altera, como se ele não estivesse totalmente ali.

Todavia, quando olho de novo, a distorção sumiu.

Tenho que me conter para não estender a mão e tocá-lo, só para ver se ele é real. Se não for, ficará óbvio. Se for, então eu é que estou louca.

Reviro a mente em busca de mais pistas.

Algo na ausência de fogo está me incomodando.

— Eu te levo até ela — diz Malachi, por fim. — Mas só você.

— Certo — responde Vane, porque esse sempre foi o plano, mas, agora que Malachi exigiu isso, já não tenho tanta certeza de que devemos seguir assim.

— Vane... — começo, mas ele me interrompe.

— Não se afastem uma da outra. Vou demorar só um instante.

Malachi o conduz para o outro lado do salão, e os dois rapidamente somem de vista.

23

GANCHO

Observo o Crocodilo do outro lado da carruagem enquanto seguimos para a casa da sua infância.

Ele está à beira de um colapso? Será que está a um segundo de se transformar e me devorar por inteiro?

Não é diferente de observar um crocodilo de verdade espreitando sob a superfície de águas escuras e turvas. É impossível saber o que pode ser um gatilho, que pequeno e infinitesimal sinal pode preceder a destruição de sua fome.

Wendy está ao lado de Roc, de braços dados com ele. Foguinho está enrolado no pequeno espaço entre os dois. Roc insistiu que o gato nos acompanhasse, e eu não tive coragem de discutir.

Ele está com a cabeça encostada na parede da carruagem, de olhos fechados. Não sei dizer se está dormindo, concentrando-se ou sonhando.

Não gosto de vê-lo doente. Ele é imortal. Não deveria ficar doente.

E se ele se transformar e for a última vez?

E se o perdermos?

Com o relógio de bolso na mão, observo os minutos passando. Levamos exatos vinte e três para chegar à mansão.

Wendy se inquieta enquanto subimos o caminho que leva à entrada.

Ele vai ficar bem? Ela me pergunta, movendo os lábios sem emitir som algum.

— Sim — responde Roc, com os olhos ainda fechados.

Wendy arregala os olhos para mim e eu só balanço a cabeça.

Até quando ele é feito de refém por uma bruxa das trevas, é impossível esconder qualquer coisa dele. Será que algum dia nos acostumaremos com suas habilidades sobrenaturais? Wendy e eu até podemos compartilhar do poder original da bruxa, mas não somos tão poderosos quanto o Crocodilo. Mais fera que homem. Mais mito que carne mortal.

Na entrada da mansão, Roc desce na nossa frente. Foguinho dispara adiante, desaparecendo nas sombras. Por isso eu não queria trazê-lo. Não vou ficar correndo atrás de um gato vira-lata!

Dou a mão para Wendy e a ajudo a descer da carruagem, então pago o homem com uma nota amassada.

— Roc — eu chamo. — Crocodilo!

Ele já está no alto das escadas e entrando na casa.

— Por mais que ele diga que está bem — diz Wendy, levantando as saias para poder correr escadas acima ao meu lado —, não está agindo como se estivesse tudo bem.

— Não sei se isso foi uma boa ideia. — Chegamos ao terceiro lance de degraus. Roc já está fora de vista. — Ele está instável. Imprevisível.

— Ele precisa do sangue de Vane.

— E se não conseguirmos encontrar Vane?

Subimos o último lance e entramos correndo na casa, passando pelos criados.

Adentramos um grande saguão repleto de convidados para a festa.

No final do corredor, avisto Roc desaparecendo à esquerda, em um corredor logo antes do salão de baile.

Corro atrás dele, com Wendy fazendo o melhor que pode para tentar me acompanhar.

O corredor está escuro, indicando aos presentes que está fora dos limites. Roc bate em uma porta fechada e, em seguida, sacode a maçaneta, encontrando-a trancada. Ele dá alguns passos para trás e, então, avança e bate com o ombro na porta; a madeira estala e ele consegue entrar.

— Lainey! — ele grita.

— Puta merda.

— Isso não é nada bom. — Wendy corre adiante.

Roc está em uma biblioteca onde há um grande piano de cauda em um canto, sob uma estante que vai do chão ao teto. Livros encadernados em couro preenchem as prateleiras.

— Lainey — ele chama, agora com mais suavidade, um pouco vacilante.

— Roc. — Eu me aproximo lentamente. Ele está junto ao piano, passando a mão pela tampa fechada. — Você consegue me ouvir?

Ele para, aproximando o queixo do ombro ao se virar para mim.

— Onde está Lainey?

Engulo em seco. Não sei o que fazer. Não deveríamos ter nos separado. Só Vane sabe como lidar com o que quer que isso seja. Só ele sabe como estabilizar o irmão e prevenir que o pior aconteça. Já naveguei mares agitados e lutei contra hordas de outros piratas, mas isso, o famigerado Crocodilo, ferido e magoado... Não sei como reagir.

— Ela não está aqui — eu lhe digo me aproximando devagar. — Não sei quando retornará.

Ele pragueja e baixa a cabeça. O luar se infiltra pelas cortinas finas e fechadas, salpicando seus cabelos escuros com mechas prateadas.

— Capitão — ele diz agora, com a voz rouca.

— Sim. Estou aqui.

Eu me aproximo dele. Seus olhos estão bem fechados.

— Estou com dificuldade de lutar contra ela — Roc admite.

A bruxa.

— Ela está me fazendo perseguir fantasmas.

Wendy vem por trás dele e desliza os braços ao redor de sua cintura, abraçando-o.

— Nós estamos aqui. Seremos suas âncoras.

Roc desliza a mão pela de Wendy, entrelaçando seus dedos com os dela.

— Consigo ouvir a voz do meu pai neste cômodo. Sabe qual era sua frase favorita?

Não sabemos, então não dizemos nada.

— *"Você é uma desgraça na minha existência."* — Ele baixa a cabeça de novo. — Desde que eu nasci, ele fala meu nome como se fosse um insulto.

— Seu nome? — pergunto, desesperado para possuir essa informação, mas apavorado com as implicações. Ele esconde o nome por um motivo. Suspeito que não goste dele. Ter essa informação significaria ter acesso a uma parte de Roc que ele preferiria não compartilhar. A intimidade desse fato não pode ser negada.

Ele abre os olhos e, após um segundo, olha para mim:

— Bane — responde. — Nossa mãe tinha um pendor para a poesia e amava Edgar Allan Poe. Bane. Vane. E Lane. Os três rimando. — Ele ri, mas é um riso carregado de emoção. — Podem me levar ao meu quarto?

— Claro — eu digo, tentando não reagir ao fato de que ele compartilhou seu verdadeiro nome conosco. Algo que protegia acima de tudo. — Qual é o caminho?

— Tem uma escadaria traseira logo depois deste corredor.

— Venha. — Eu gesticulo para que ele passe o braço por mim, e Wendy já se posiciona do outro lado. Ele é pesado, mesmo para nós dois, mas seguimos em frente, desesperados por algo que possa ajudá-lo.

Fora da biblioteca, ouvimos o barulho da festa chegando ao corredor.

— Esquerda — diz Roc, e nós seguimos as instruções, o barulho diminuindo à medida que nos aprofundamos na casa.

Encontramos a escadaria entre uma despensa e um depósito. É estreita, sem adornos, destinada aos empregados. Subimos o primeiro lance, instáveis, esbarrando uns nos outros. Reajustamo-nos no primeiro patamar e depois subimos o segundo.

— Aqui — diz Roc. — À direita.

O corredor está escuro, somente algumas poucas arandelas foram acesas no segundo andar, iluminando apenas o suficiente para que vejamos nossos passos.

É mais silencioso aqui em cima, mais frio também. Roc nos guia pelo corredor, depois por outro, até chegarmos aos fundos da casa e nos aproximarmos de um conjunto de portas duplas fechadas.

Roc se desvencilha de nós e empurra as portas.

Sou recebido pelo seu cheiro avassalador.

Especiarias, almíscar e bourbon.

Só então percebo o quanto sua presença, sua imagem, seu cheiro e seu toque estão impregnados em minha pele.

Estou todo arrepiado, e não é de frio.

Roc vai até a lareira vazia. É uma coisa monstruosa, tão alta quanto ele e duas vezes mais larga. A cornija é uma peça esculpida em mármore representando a cabeça de um corvo com o bico escancarado, grasnando para aqueles que estão diante de si.

Roc se move ao redor da lareira com a destreza de quem sabe o que está fazendo. Ele faz uma pilha de gravetos e acende um fósforo bem comprido. Os gravetos pegam fogo facilmente, e então ele empilha toras de lenha ao redor, alimentando a chama até que o fogo volte a arder.

O calor imediatamente preenche o cômodo.

— Desculpem — diz ele, ainda de costas para nós.

— Por quê? — pergunta Wendy.

— Eu não devia tê-los trazido aqui, não devia tê-los metido nessa confusão. Sou eu que tenho de dar um jeito nisso.

Nunca ouvi Roc parecendo tão... *derrotado*.

Queria poder fazer alguma coisa. Queria lhe garantir que tudo vai ficar bem. Queria curá-lo.

Mas tudo isso é tão novo, ainda tão cru. Não sei como cuidar de ninguém, sobretudo de mim mesmo.

Lamentável, Capitão.

Estou falhando com ele.

Tudo o que sei é dar ordens, organizar as coisas em linhas precisas, testar o vento e escolher uma direção.

Wendy e eu travamos olhares. Qualquer palavra trocada entre nós seria imediatamente decodificada pelo Crocodilo.

E, mesmo assim, nós nos entendemos. Vejo minhas dúvidas e minha apreensão refletidas no rosto dela. Pela primeira vez me dou conta de que ela e eu provavelmente estamos experimentando algumas das mesmas emoções: o constante choque de estar aqui com Roc, o medo de ser rejeitado e o desejo avassalador de ficar com ele.

Somos gravetos famintos por sua chama. E a única maneira de queimar é sob o calor de sua atenção.

Percebo o momento em que Wendy toma sua decisão. Seu maxilar se contrai, suas narinas se dilatam.

Eu posso ser um capitão de navio, mas foi Wendy que sempre soube como assumir o comando.

O fato de que ela foi de prisioneira a rainha não deveria ser surpresa para ninguém — embora ela pareça a mais surpresa com isso na maioria dos dias.

Outra semelhança entre ela e mim: estamos sempre duvidando de nossa força, de nosso próprio poder.

Ela se aproxima da cornija da lareira para ficar perto de Roc. À luz crepitante, seu vestido brilha e reluz como o crepúsculo.

— Estou feliz por estarmos aqui — Wendy lhe diz. — Porque nós três... nós três somos marcados por traumas e arrependimentos. Nós nos entendemos, uns aos outros, de um jeito que ninguém mais consegue.

— Você está dizendo a uma besta-fera que consegue entendê-la? — Roc dá uma risadinha sem graça.

— Até um monstro tem coração.

Com o braço apoiado na cornija, ele olha para ela.

— Sim, mas um monstro sabe como usá-lo?

— Se não sabe, pode aprender.

Praticamente consigo ouvir o sorriso dele.

— Estou curioso para saber como serão essas lições.

Sem perder tempo, Wendy desliza por baixo do braço dele, corre os dedos por seus cabelos e o beija.

Pela tensão no corpo de Roc, percebo que ele foi pego de surpresa. Leva alguns segundos para cair em si, para entrar no ritmo de ser beijado.

Ele tira os braços da cornija e abraça Wendy, puxando-a para bem junto de si.

O quarto está silencioso, exceto pelo crepitar do fogo, então é impossível não ouvir os lábios deles estalando, as línguas se debatendo, e assistir a essa cena me dá um frio na barriga e me deixa de pau duro.

Roc puxa Wendy até uma poltrona e os dois caem nela. Ele abre as pernas dela e posiciona Wendy em seu colo, montada nele. Então enrola a mão nos cabelos dela, assumindo o controle da situação que Wendy iniciou.

Eu fico de boca seca.

Não sei o que devo fazer.

Será que deixo os dois à vontade?

Sento e assisto?

Deve ter sido assim que Wendy se sentiu quando nos pegou no palácio da Terra do Sempre. Deslocada. Uma intrusa. E, mesmo assim, querendo entrar na dança, mas sem saber como.

Ainda bem que Roc sabe como conduzir um *mènage à trois*, porque, enquanto sua língua está enfiada bem fundo na boca de Wendy, ele ainda consegue estalar os dedos para mim, chamando-me para junto deles.

Eu obedeço ao comando sem nem pensar.

Estou ao lado da poltrona em um segundo, olhando para os dois, ambos perfeitos à sua própria maneira.

Roc afasta Wendy. Ela tem os lábios inchados, vermelhos e molhados.

— Quero te ver chupando o pau do Capitão. Você faria isso por mim?

Ela assente avidamente.

— Venha aqui, Capitão.

Tenho borboletas no estômago, até as minhas bolas estão duras.

— Onde... como... — Não sei o que estou fazendo. Coloco-me perto do encosto da poltrona, junto ao ombro esquerdo de Roc.

— Não faça perguntas — ele me diz, deixando claro que devo apenas seguir ordens. — Abra o seu zíper.

Eu me atrapalho com o cinto, o metal fazendo um barulho alto. Assim que o desafivelo, Roc estica o braço e agarra o cinto, arrancando-o de todos os passantes com um único puxão. O impulso força meu quadril para a frente, e esbarro com a poltrona.

Wendy me ajuda, abrindo o botão com suas mãos delicadas.

Nem consigo ouvir o barulho do zíper de tão forte que bate meu coração. De repente, estou exposto, sentindo o ar frio em minha pele e, então, o calor da mão de Wendy.

O alívio é como uma onda no oceano.

Roc puxa o cabelo de Wendy, guiando a cabeça dela.

— Bota o Capitão na sua boca — Roc manda e, inclinando-se por cima do ombro dele, Wendy me provoca primeiro com a língua, ligeiramente encostando os lábios na cabeça do meu pau.

Eu sibilo e me aproximo, desesperado para sentir todo o calor de sua boca.

Guiando os movimentos dela, Roc empurra Wendy para mim de súbito, e ela me engole. Completamente.

Solto um gemido, projetando os quadris para a frente.

Ela me chupa com vontade, talvez desesperada para performar para Roc, talvez desesperada para sentir algo além desse vazio inexorável.

Todos nós somos consumidos por esse vazio.

Wendy achata a língua sob o corpo do meu pau conforme Roc a puxa de volta, e ela vem lambendo da base até a cabeça.

— Isso, assim mesmo — diz Roc. — Não pare.

Com a orientação de Roc, Wendy acelera o ritmo, levando-me quase ao êxtase.

Caralho, eu tô tão duro que quase dói. Persigo a sensação do toque dela, sua língua molhada, o calor de sua boca, o modo como ela tira a boca do meu pau com os lábios vermelhos e inchados. Só para me engolir de novo até ficar com os olhos marejados conforme eu meto mais e mais fundo na garganta dela.

— Você vai chupar a rola dele — diz Roc, levando a outra mão ao queixo dela, comandando cada um de seus movimentos. — Mas, quando ele gozar, você não vai engolir. Vai dividir comigo.

— Ai, caralho — eu expiro, aproximando-me cada vez mais do ápice.

Wendy me chupa, mas são os dois que estão me dando prazer, e tem algo tão sujo, tão ilícito e, porra, tão certo em torno disso tudo.

Ela encontra o ritmo perfeito, inspirando profundamente pelo nariz e mamando tão fundo que chego a revirar os olhos. E então eu estou perdendo o controle. Não consigo mais segurar. Empurro o quadril para a frente, quero mais dela. Wendy engasga. Eu gozo, grunhindo dentro dela, que tenta se afastar, mas Roc a mantém firme até eu me esvaziar em sua boca.

Só então ele permite que ela se levante, a porra escorrendo de seus lábios. Com a mão ainda enrolada em seus cabelos, ele puxa a boca de Wendy para a sua, enfiando a língua com vontade.

Dou alguns passos para trás.

Eles estão perdidos em um beijo profundo, as línguas deslizando uma na outra, minha porra escorrendo entre suas bocas.

Roc geme e Wendy também, esfregando-se nele.

Caralho.

Puta que o pariu.

Deselegante? Excitante? Eu não sei, porra!

É a cena mais ilícita que já testemunhei.

Assim que ambos engolem o líquido do meu prazer, Roc se levanta com Wendy nos braços e estala os dedos para mim mais uma vez, agora indicando que eu me sente no banco aos pés de sua cama.

Eu obedeço.

Ele coloca Wendy no meu colo, com as costas viradas para o meu peito. O rosto dela está melecado de porra e suas bochechas estão coradas.

Roc desaparece. Wendy rebola no meu colo. Posso ter ficado sem reação antes, mas não sou tonto. Tenho meus instintos e sei o que Wendy quer, sei do que ela gosta. Ela gosta de ser provocada, tocada, acariciada.

Agarro sua saia e a puxo para cima, expondo sua pele. Ela não usa nada por baixo, e, quando deslizo a mão pela curva de seu quadril até chegar ao meio de suas pernas, vejo que está pingando, de tão molhada.

Uma carícia e ela arqueia as costas, cada vez mais ofegante.

Roc retorna com um frasco em mãos.

Acabei de gozar, mas já tô ficando duro de novo, pronto para mais.

Agilmente, Roc me liberta de minha calça. Wendy abre bem as pernas, de modo que as minhas ficam entre as dela. E então Roc se ajoelha entre nós. Ele saboreia Wendy primeiro e ela se contorce no meu colo, depois lambe meu pau, dando prazer a nós dois ao mesmo tempo.

Ele nos leva à loucura, até que Wendy suplica pelo orgasmo e eu também estou quase gozando de novo.

E, então, de repente, ele para. Abro os olhos, minhas pálpebras pesadas, o peito leve.

Ele desrosqueia a tampa do frasco e despeja na mão um líquido transparente que brilha à luz do fogo. Deixando o frasco de lado, ele se masturba, a cabeça do pênis inchando na palma de sua mão.

Tudo em meu corpo se contrai só de pensar nele me invadindo.

Há algo indescritível em ver alguém tão ancestral e poderoso quanto Roc querendo ter prazer comigo.

Posicionando o joelho no banco entre nossas pernas, ele se alinha na minha entrada, e a expectativa me inunda como uma onda do mar.

Meu pau endurece, deslizando pela boceta escorregadia de Wendy, e, quando a cabeça da minha rola atinge seu clitóris, ela ofega, rebolando para se esfregar em mim novamente.

Não sei se existe sentimento melhor do que compartilhar isso, nós três juntos. Por mais que eu goste de ser capitão do meu próprio navio, não sei se algum dia realmente quis ficar sozinho.

Roc testa minha abertura, começando a enfiar seu pau em mim, e eu sibilo. Ele se inclina para a frente, capturando o seio de Wendy com a boca, o mamilo dela entre os dentes.

A maneira como ele transa com a gente ao mesmo tempo é um talento.

Ele afunda mais um centímetro e meu pau lateja, ansioso por contato, qualquer tipo de toque.

Eu mesmo pego meu pau e começo a me acariciar lentamente, e, como Wendy está no meu colo, quando eu subo a mão, meus dedos esfregam sua vulva, depois seu clitóris, e ela geme em resposta, enganchando o braço em volta do meu pescoço.

Roc lambe o bico vermelho vivo do seio de Wendy, olhando para mim enquanto o faz.

Cada vez que os seus olhos pousam em mim, sinto que sou um barril de pólvora prestes a explodir. Não consigo conter o calor da sua atenção, a forma como me desnuda de corpo e alma.

Ele meteu metade da rola dentro de mim, e, então, passo a me masturbar mais depressa, perseguindo outro orgasmo.

Wendy está arquejando no meu colo, rebolando loucamente, as unhas cravadas na minha nuca.

— Não gozem sem mim — ele nos repreende, com um sorriso no rosto. E penetra mais um centímetro, depois outro, até me preencher por completo. E então começa a me foder, Wendy espremida entre nós.

Enquanto seus quadris se movem para a frente, ele apoia as mãos na cama, uma de cada lado, prendendo-nos, e afunda em mim, beijando-me, depois Wendy, e, enquanto beija Wendy, eu salpico o pescoço dela com o calor da minha boca.

— Puta merda — murmuro, tão perto de gozar de novo.

— Ainda não, Capitão.

— Eu não consigo... — Expiro, diminuindo meu ritmo frenético. Wendy geme, arrastando as unhas pelo meu rosto.

— Estou quase lá — diz ela.

Roc se inclina e devora a boca de Wendy. A umidade de suas línguas se encontrando queima meu abdômen, e eu afundo cada vez mais no prazer.

Quase dói o tanto que eu quero gozar.

Inclino minha cabeça para trás, contra a cama, e solto o ar, olhando para o teto, apertando meu pau enquanto o esperma começa a vazar.

— Faça nossa Darling gozar, Capitão — ordena Roc. — Enquanto eu te encho de porra.

Era tudo o que eu precisava ouvir.

Agarro meu pau com mais força e começo a bater uma bem depressa, estimulando o clitóris de Wendy a cada investida.

A respiração dela acelera, seu corpo fica tenso e então...

Ela solta um gemido alto e estridente, tremendo em cima de mim.

Não aguento mais. Bombeio forte e rápido, e gozo em toda sua boceta, deixando-a completamente melada de porra.

O ritmo de Roc fica mais frenético e ele puxa um pouquinho para trás, pairando sobre nós dois enquanto goza dentro de mim.

Não consigo ver a expressão no rosto de Wendy, mas imagino que não seja diferente da minha: reverência, espanto, orgulho em dar e receber prazer.

Quando o Crocodilo goza, tudo que o torna aterrorizante desvanece, substituído pelo prazer desprotegido de ser um homem.

Ele fica dentro de mim por várias bombeadas, a respiração pesada, o cabelo úmido e todo desalinhado. As tatuagens pretas contrastando com a pele e o peito brilhantes e escorregadios de suor.

Roc finalmente sai de dentro de mim e cambaleia para trás, sumindo na pequena câmara anexa ao quarto. E então retorna com um pano molhado e morno. Primeiro, ele limpa Wendy e, então, é minha vez; não consigo conter o rubor.

Ninguém jamais... *ele nunca*...

Devo ter demonstrado meu desconforto, porque ele me agarra pelo punho, logo abaixo do meu gancho, e diz:

— Aquiete o facho e me deixe cuidar de você.

Quando ele termina, Wendy desce do meu colo, cambaleia ao redor da cama e desaba nela. Ela suspira olhando para o teto. Enfio minha calça e a abotoo.

Wendy se apoia nos cotovelos e olha para nós.

— Eu gostei disso. Nós três.

— Nós somos… — Parece que não sou capaz de verbalizar. Mas quero falar. Quero confirmação. E talvez, como Wendy, quero me reassegurar. — O que nós… nós três somos…?

Lanço um olhar furtivo para Roc.

Ele ainda está sem camisa, mas já está de calças e enfiando o cinto nos passantes.

— Temos que dar um rótulo?

Meu coração afunda.

Agora evita olhar para nós.

Como ele pode estar cuidando de nós em um minuto e, no seguinte, fingir que foi só uma trepada?

— E se eu disser que sim? — Wendy contrapõe.

Ela é mais valente que eu.

Tenho receio do rótulo que ele nos daria se eu o pressionasse a dar um.

Amigos de trepadas? Só amigos? Eu não seria capaz de suportar. Chegar tão longe só para me dar conta de que eu significo tão pouco.

Roc veste a camisa bem quando seus olhos queimam em um amarelo dourado.

— Você está bem? — eu lhe pergunto.

— Eu… *sim*. Estou bem.

— Seus olhos…

— Vocês dois fiquem aqui enquanto eu vou atrás de Vane. Não saiam deste quarto.

— Você não devia ir sozinho. — Wendy se levanta da cama. — Podemos ir com você e…

— Não. — Ele vai até a porta. — Não saiam daqui. Entendido? — Ele me encara, esperando que eu assinta.

— Muito bem.

Então se dirige a Wendy. Ela está de pé ao lado da cama, com os braços cruzados sobre o peito. Ela não diz nada. Para mim, ele diz:

— Não a deixe sair.

Então ele sai do quarto batendo a porta atrás de si.

24

ASHA

— VOCÊ ESTÁ COM UMA CARA...

Sei que Winnie está de olho em mim.

Estamos segurando drinques — um coquetel especial criado para esta festa chamado Crepúsculo Sangrento. Tem gosto de cereja e alcaçuz. Mal beberiquei o meu. Winnie quase terminou o dela. Ela me assegurou que, com a sombra, é quase impossível ficar bêbada. Não tenho tanta sorte.

— Que cara? — pergunto.

Estamos em um canto no fundo do salão, parcialmente escondidas por um vaso de arbusto *Calycanthus Aphrodite*, cujas flores de um vermelho vivo perfumam o ar ao nosso redor.

— Parece que você está tentando despir Malachi com a mente.

— Meh. Não faz o meu tipo.

— Certo, mas... Peraí, qual é o seu tipo?

Apesar de minhas objeções, estou mesmo observando Malachi atentamente. Mas Winnie me fez uma pergunta e, quando dados são solicitados, em geral tenho dificuldade de negar.

— Os gêmeos têm o tipo de corpo que eu gosto. Sólido e robusto.

Winnie abre um sorrisão.

— *Tão* sólido. *Tão* robusto.

— Mas tendo a gostar dos meus homens mais desapegados. Não lido bem com emoções.

— Então o corpo de Bash com o estado emocional de Pan. E como você gosta de ser amada?

— Eu te diria se eu soubesse.

Winnie me olha em silêncio por um longo instante e então me diz:

— Eu entendo. Mais do que você imagina.

Esquadrinhamos o salão de baile mais uma vez. A festa está bem encaminhada, com o salão quase na capacidade máxima. Na pista, o número de dança está pela metade, e o restante dos convidados aglomerados ao redor, assistindo à coreografia.

— Desviamos do assunto — diz Winnie. — Você estava com uma cara... No que estava pensando?

Continuo observando o salão de baile enquanto explico.

— Tem algo errado aqui. Notou que as lareiras estão apagadas? Que não há velas? Sei que a Terra Soturna gosta de escuridão, mas todas as mulheres estão usando xales ou tremendo de frio. A regra número um de uma festa é deixar os convidados confortáveis. Nada disso faz sentido.

Olho de relance para Winnie e noto uma expressão familiar em seu rosto: curiosidade e respeito. Por mim? Indubitavelmente, ela é a mais poderosa aqui. Se houvesse uma hierarquia, eu estaria no nível mais baixo dela. E, mesmo assim, ela me olha como se eu fosse uma figura de autoridade, como se eu tivesse todas as respostas. Para ser bem franca, geralmente tenho mesmo. Quase sempre sou a pessoa mais inteligente da sala. Mas, embora eu tenha certeza disso, não saio por aí me vangloriando. Ou, pelo menos, procuro não agir assim.

— Você tem uma teoria — Winnie afirma.

Estreito os olhos, examinando o salão mais uma vez.

— Não há razão para não ter fogo em nenhuma das várias lareiras espalhadas pela mansão. Não ter fogo é uma escolha. Então...

Malachi ergue o copo para fazer um brinde.

Ele usa a mão direita.

No armazém, notei o contorno de uma adaga em seu braço direito, o que geralmente indica que alguém é canhoto.

Este Malachi usou a mão direita o tempo todo hoje à noite, não a esquerda.

E então tenho um estalo.

Fico boquiaberta.

Winnie dá um apertãozinho no meu braço, mas rapidamente me larga.

— Desculpe. Não devia ter presumido que você não ligava para contato físico, mas fiquei animada. Você já descobriu, não é? Já percebi que sim.

Não consigo conter um sorriso.

— Acho que sim.

— Então vamos ouvir a nossa CDF.

— Nunca ouvi essa expressão antes. — Olho desconfiada para ela.

— É algo que as pessoas dizem de onde eu venho. É meio antiquado, admito. Mas é um elogio, é claro.

— Obrigada? Seja como for, existem vários monstros nas Sete Ilhas que são cautelosos ao lidar com fogo. O fogo pode machucá-los e até mesmo matá-los. Mas nós também precisamos tomar cuidado com o fogo, portanto, ao acender as lareiras, não seria possível evitá-lo completamente. E apenas uma criatura evita o fogo não porque ele queima, mas porque ele revela.

— Como assim?

— As chamas têm duas características: sua luz inconsistente, que se move sem parar, e também o calor. É por isso que o fogo é um elemento comum em feitiços de purificação.

— Eu não sabia — ela admite. — Mal entendo meu próprio poder, que dirá o dos outros.

Malachi atravessa o salão ainda segurando seu drinque.

— Existe uma criatura nas Sete Ilhas que evita o fogo por causa do que ele revela.

— E qual é?

— Um metamorfo.

— Oh! Isso não é nada bom…

— Não. Não acho que esse aí seja Malachi.

— Puta merda! — Winnie suspira e esquadrinha a multidão. — Precisamos encontrar Vane.

Percebo o instante em que ela vai para dentro de si, com os olhos vidrados e distantes.

— Mas é claro que está mais difícil me conectar com ele. Tem sido assim desde que saímos da Terra do Nunca. Ele está me evitando.

— E você consegue romper esse bloqueio?

— Possivelmente. Seria necessário chamar a sombra de volta para mim, mas, se ele estiver em apuros, não quero deixá-lo impotente. — Seu olhar fica desfocado novamente, e então ela resmunga. — Não estou captando nada. Vou apenas seguir os passos dele e torcer para sentir alguma coisa. Mas tudo bem se você quiser ficar. Não quero te arrastar para uma caçada inútil.

— Vou contigo. Se ele caiu em uma armadilha, vai precisar de nós duas.

— Aposto que Vane nunca imaginou que um dia precisaria ser resgatado por duas mulheres. Jamais permitirei que ele se esqueça. Assim que estiver a salvo, é claro.

Winnie atravessa o salão em direção à porta arqueada por onde Malachi acabou de desaparecer.

25

WENDY

— JAMES — EU CHAMO.

Ele se senta no banco ao pé da cama e enterra o rosto nas mãos.

Vou até ele, passo meu braço pelo seu e encosto a cabeça em seu ombro. É verdade que eu baixo a guarda com James. Com ele, tudo é mais fácil, mais tranquilo. Acho que se quero mesmo dividir dois homens, eles são o equilíbrio perfeito. Um bruto, outro delicado. Um gentil, outro perigoso.

Eu quero os dois. Mais do que podia imaginar.

Se fosse forçada a escolher entre eles, eu me recusaria. Preferiria jogar-me no oceano. Ter de escolher entre ambos seria o mesmo de ter de escolher entre o Sol e a Lua.

— Sei que é difícil amar Roc... Ele não facilita — eu digo.

Os ombros de James tremem com um misto de risada e suspiro. Ele se ajusta e olha para mim.

— Não teria graça se fosse fácil. Todos o amariam.

— Bem, suspeito que todos já o adoram. Nós é que temos a sorte de sermos delirantes o bastante para tentar amá-lo de verdade.

James concorda.

— Delirantes ou viciados em tortura.

Ficamos assim, sentados de braços dados por vários minutos, contemplando a situação em que nos encontramos.

— Ele está com medo — eu digo, enfim, meio que intuindo, meio que arriscando um palpite. É difícil ler nas entrelinhas de Roc, por mais que ele finja que não é. — Eu também estou com medo. Andei pressionando Roc.

James apoia o gancho na coxa.

— Não sei o que poderia deixá-lo com medo. Ele é um monstro mitológico que come pessoas. Somos nós que deveríamos ter medo.

Entrelaço meus dedos aos dele.

— Não é da violência que ele tem medo.

— Sim — James suspira. — Eu sei.

— A questão é, como o tiramos disso? Como podemos ajudá-lo?

— Nós só podemos lhe mostrar que estamos presentes e que não vamos a lugar algum quando ele precisar de nós. Só assim poderemos…

Alguém mexe na maçaneta da porta. Meu coração se sobressalta. Será que ele já voltou? Espero que esteja melhor. Talvez agora possamos conversar sobre tudo o que o preocupa…

A porta é aberta.

Uma sombra assoma à soleira.

Sei imediatamente que não é Roc. Muito baixo. Pouco robusto.

Mas então ele dá um passo para a luz e…

— Crocodilo? — diz James, com a voz falhando.

Ele entra, olha ao redor e avista sua espada abandonada em cima de uma cômoda. Pega a arma e a enfia na bainha de seu bolso traseiro. Então diz:

— Venham comigo.

— Aonde?

Ele simplesmente gira nos calcanhares e sai corredor afora.

James olha para mim, intrigado.

— Isso foi estranho.

— Será que devemos ir?

— Talvez ele não tenha conseguido encontrar Vane ou esteja preso em mais uma alucinação. Acho melhor não o deixarmos sozinho.

James se levanta do banco e vai atrás de Roc; eu o sigo sem hesitar, pois sei que ele tem razão.

[illegible]

[illegible]

— Isso foi estranho.

— Sem me despedir?

— Talvez ele não tenha conseguido encontrá-la. Vamos nos apressar [illegible] melhor não o deixarmos [illegible]

[illegible]

26

ROC

Ele tropeça pelos corredores da Mansão Maddred, procurando pelo irmão.

Em vez disso, encontra a irmã.

— Lainey.

O nome dela é como uma oração. Ele cerra os dentes, tentando conter a ardência nos olhos. Quanto tempo se passou desde que a viu pela última vez? Meses? Anos? Séculos? Não consegue se lembrar. Parece uma eternidade. Tempo suficiente para esquecer as sardas salpicando seu nariz. Os olhos brilhantes.

Ela ri, então se vira e sai correndo. Roc a segue pelo labirinto de corredores escuros. Lainey está sempre um passo à frente, fora de alcance, os cabelos chicoteando quando ela desaparece ao virar no próximo corredor.

Então, ele está de volta ao próprio quarto.

Lainey não está em lugar algum.

Seu coração martela nos ouvidos.

Todos que você já amou te abandonaram, diz a bruxa.

Não, ele pensa. *Wendy está aqui. E o Capitão.*

Eles fugiram juntos, exatamente como fizeram antes.

E, quando os capturar novamente, você vai decepar a outra mão do Capitão?

Não, ele pensa novamente, quase em um rosnado, uma súplica.

Ele empurra a porta e encontra seu quarto…

Vazio.

O pânico se instala.

O quarto gira.

Não.

Eles o deixaram? Será que acharam que ele era demais para aguentar? Demais de tudo. Encrenca. Perigo. Violência. Bagagem emocional.

Será que decidiram que estariam melhor sem ele e seus hábitos monstruosos?

Queriam saber se ele era capaz de se importar, se era capaz de amar, e ele não conseguia deixar as palavras escaparem por entre os dentes afiados.

Monstros não podem amar.

Monstros não têm coração.

Eles te deixaram.

Ele se vira e pisa em falso.

A bruxa está na sua frente e logo depois atrás.

Ela está em todos os lugares ao mesmo tempo, fechando o cerco.

Vem aqui, ela diz.

Para lá, ela diz.

Então ele se encontra nos fundos da casa, irrompendo no solário.

Já faz anos e anos que nenhuma planta cresce aqui, mas o ar ainda tem um leve aroma de frutas cítricas.

Ele pisca à luz fraca do luar que se infiltra pelas paredes de vidro.

E vê as silhuetas que estão ali, tantas e tantas delas. Fantasmas do seu passado.

— O convidado de honra enfim chegou. — Uma voz ecoa das sombras.

Uma figura dá um passo à frente e começa a rodeá-lo, com uma lâmina refletindo a luz da Lua.

É a sua espada.

Não há tempo para se perguntar quando e onde ele a perdeu. Mas ele perdeu.

E a espada vem na dianteira, afundando em suas entranhas.

27

VANE

Essa porra é um show de horrores.

Sem tirar nem pôr.

O único ponto positivo é que Win não está aqui e a sombra está fazendo um ótimo trabalho em bloqueá-la. Quando se trata de protegê-la, estamos na mesma página. Pelo menos temos isso em comum.

Agora a pergunta que não quer calar na minha cabeça, atormentando-me como uma maldita mosca, é como diabos os Criadores de Mitos descobriram o que somos? Porque somente duas coisas são capazes de deter Roc e eu: mercúrio e a espada. Uma espada muito específica. E ninguém deste lado do espelho deveria saber dos nossos segredos.

E é mercúrio que corre em minhas veias no momento. Um erro de principiante foi aceitar um drinque sem desconfiar de sua procedência.

Malachi, aquele desgraçado. Estará morto ao amanhecer. É uma promessa.

Ou, quem sabe, eu o levarei de volta para a Terra do Nunca assim que terminar tudo por aqui e o usarei como alvo para aperfeiçoar minha mira.

Esqueci como era ser fraco. Mercúrio faz eu me sentir mortal. Ele me deixa mais lento, com tremores e calor.

Mal consigo me manter de pé, que dirá lutar. A sombra me cutuca como um cão, instigando-me a me levantar.

Não consigo.

Antigamente, ingerir mercúrio me faria desmaiar por horas. Agora, não tenho tanta certeza. A sombra provavelmente vai queimar a substância, mas não rápido o suficiente.

Lá está a bruxa dos Criadores de Mitos, parada diante de mim, cercada por seus capangas. E lá está Roc, do outro lado do solário, uma imagem espelhada de mim: cambaleando e de joelhos.

Eles usaram o mercúrio contra mim, a espada contra ele.

Ele quebrou a promessa, como suspeitei que quebraria.

Você não devia estar aqui, eu penso, estreitando meus olhos para ele. Mas ele está absorvido demais pela dor para conseguir me ler. O sangue escorre pelo peito dele, empoçando e preenchendo as fissuras do chão de pedra.

— Ah, os Irmãos Maddred... tão previsíveis — diz o Mito, circulando atrás de mim. — Os egos do tamanho da Lua. — Estala a língua.

— E por acaso os Mitos são melhores? Não sou eu que estou tentando derrubar as Sete Ilhas, tentando roubar o que não é meu.

— Ah, é? — Ela arqueia as sobrancelhas. — E não foi a família Maddred que devastou o País das Maravilhas? Que destruiu a Corte de Copas? — Ela se abaixa diante de mim. — Sim, eu sei o que você é. *Jaguadarte*.

Fazia séculos que não ouvia essa palavra.

Quanto mais tempo passava deste lado do espelho, mais acreditava que tinha nascido nas Sete Ilhas.

Mas não.

Roc e eu nascemos no País das Maravilhas, mas nossa família foi forçada a partir durante a guerra dos Naipes.

Foi há tanto tempo, que se tornou um mito em minha cabeça. Como se não fosse mais a minha história.

Mal penso nisso agora. Jaguadarte. Somos mencionados em algumas das histórias, alguns contos do País das Maravilhas que vazaram para as Sete Ilhas. Mas ninguém deste lado do espelho saberia como identificar um. Então permanecemos escondidos bem à vista. Escondidos atrás de títulos, riqueza e sociedades secretas.

Aparentemente, não desfrutamos mais desse anonimato.

— Vejamos — o Mito continua. — Arrasaram o País das Maravilhas e, então, se estabeleceram na Terra Soturna. E também não foi você que roubou a Sombra da Terra Soturna e destruiu a corte sombria?

Do outro lado da sala, Roc se inclina para a esquerda. Quanto tempo será que lhe resta antes de ficar inconsciente? Vou precisar dele para sairmos daqui.

— Onde está? — o Mito pergunta.

— Onde está o quê?

— A Sombra da Terra Soturna.

Roc e eu nos encaramos.

Eu lhe dei a sombra da última vez em que ele esteve na Terra do Nunca. Não sei o que fez com ela. Claramente não a reivindicou, ou não estaria nessa enrascada. Eu nunca consegui me transformar quando tinha a sombra, mesmo se eu quisesse.

— Acredite em mim — eu digo, tentando ganhar tempo —, você não quer se meter com a sombra. Ela quase me matou. E vai te partir em duas.

— Eu não quero a sombra para mim.

Lentamente, minha visão está retornando e a bruxa entra em foco. Ela é alta, curvilínea, tem cabelos pretos encaracolados e chamativos lábios rosados.

Ela revira os olhos diante da minha hesitação.

— Não é tão complicado assim. Roc só precisa se entregar à minha irmã. E então ele, ou melhor, eles reivindicarão a sombra e seu lugar de direito no trono da Terra Soturna.

Todos nós já suspeitávamos disso, mas, agora que o plano foi revelado, eu posso fazer algo a respeito. Talvez. Com sorte. Contanto que Win fique longe e Roc não morra nas minhas mãos.

— Você não pode ficar com a sombra — diz Roc, com a voz arrastada.

O Mito ri.

— Imaginei que você diria isso. — Ela gesticula para o homem que guarda a porta, que a abre imediatamente. Vários outros capangas entram, arrastando Wendy e Gancho.

— Agora, Crocodilo. — O Mito acena para os guardas e eles trazem os novos prisioneiros para o centro do solário. Wendy se debate contra eles. Gancho parece contrariado, mas resignado.

Eles são forçados a ficar de joelhos, com facas na garganta.

E nós é que somos previsíveis?!

Ela vai até meu irmão e arranca a espada de seu ventre. Ele geme e se encurva para a frente, o sangue vertendo da ferida.

Em um instante, ela está ao meu lado com a ponta da espada — nossa espada — pressionada logo abaixo da minha mandíbula.

— Três fraquezas. Todas elas neste cômodo. Quantos mais precisam morrer antes que você se torne mais submisso?

Roc não olha para mim agora. Está concentrado em Wendy e Gancho. Todo o sangue se esvaiu de seu rosto e está empoçado aos seus pés.

— Vocês não foram embora — ele balbucia.

— O quê? — James pergunta.

— Eu pensei... pensei que vocês dois... — Ele respira fundo, estremecendo.

— Eles tentaram te deixar, sim — diz o Mito acima de mim. — Vane também. Eles não te amam.

Os Criadores de Mitos têm um tipo de poder que não é tão fácil de perceber. Não dá para sentir. Não dá para ver. Não desperta um arrepio na nuca.

Mas se infiltra em seus ouvidos, invade a mente e se instala como um vírus, propagando-se em algo maior.

As palavras dela não são direcionadas a mim, mas até eu, por um instante, acredito nelas.

— Não dê ouvidos a ela — eu digo.

A espada morde minha pele, arrancando sangue.

— Nós jamais te deixaríamos — diz Wendy.

— Ela está mentindo — o Mito contrapõe. — Só está tentando te distrair para poder fugir com James Gancho, exatamente como fez da outra vez. Eles sempre vão escolher um ao outro.

O semblante de Roc afunda e, pela primeira vez em muitíssimo tempo, vejo desespero em seu rosto.

— Roc — eu o chamo. A espada perfura cada vez mais fundo.

Com o mercúrio ainda queimando em minhas veias, estou em tremenda desvantagem. Se ela continuar, em breve não terei mais traqueia.

E então eu vejo: uma sombra rasteira no chão, disparando pelo cômodo.

Peraí... isso é um... um gato? E logo atrás dele, pela porta entreaberta, duas pequenas figuras.

Win e Asha.

28

ROC

E*les te deixaram*, DIZ A VOZ EM SUA CABEÇA.

Por que continuar resistindo?

Entregue-se.

Deixe-me assumir suas responsabilidades.

Deixe-me cuidar do trabalho árduo.

Não, ele pensa. *Eles não me deixaram.*

Consegue sentir sua silhueta se desfazendo, seu corpo se transformando. Se antes este era um poder que lhe dava toda a vantagem sobre os inimigos, agora é um poder que parece tê-lo reduzido à impotência.

A bruxa vibra de excitação.

Deixe-me devorá-los por inteiro.

Ele está tentando se recompor, mas é como tentar coletar areia com dedos abertos.

Devorá-los ou matá-los, o resultado é o mesmo.

Ele vê a outra bruxa dos Criadores de Mitos dar um aceno de cabeça, e o capanga ao lado de Wendy segura a adaga com mais firmeza.

Ele vai matá-la.

Já sabe que não pode ficar com eles, mas precisa salvá-los.

— Espere — ele chama.

Ele se dá conta de que a verdade não importa. Os dois ficarão melhor sem ele. Afinal de contas, é um monstro. E monstros não têm finais felizes.

Mas ele pode salvá-los. Aqui e agora.

— Eu me entrego — diz.

Ele não pode ver a bruxa aprisionada dentro de si, mas consegue sentir seu sorriso.

Até que enfim.

29

WENDY

TUDO ACONTECE AO MESMO TEMPO.

Foguinho é um borrão peludo disparando pelo solário e salta na cara do Mito, com as garras à mostra.

A bruxa solta um guincho de dor enquanto Foguinho arranha seu rosto, sibilando ao ser atacada:

— Saia. De. Cima. De. Mim! — O Mito arranca o gato de seu rosto e o joga para longe.

Ele cai de pé, graças a Deus, e desaparece atrás de um vaso com uma planta morta.

O Mito solta um suspiro exasperado, com uma dúzia de arranhões em seu rosto, que começam a sangrar.

Nesse instante, uma lâmina cruza o ar e se crava em seu olho com um baque seco.

Asha irrompe na sala.

O alívio me invade ao mesmo tempo em que a luta explode de vez.

Mas Roc…

Ele está encurvado, de quatro, mudando de forma. Ou preso entre o homem e o monstro.

Treme como se estivesse tomado por febre ou frio excessivo.

O homem ao meu lado puxa o braço para trás e corta minha garganta.

O sangue jorra em minha pele.

Levo as mãos ao pescoço e grito, apavorada com o tamanho do estrago, o sangue escorrendo por entre meus dedos.

E então pronto. A dor passou.

Ou eles não sabem ou se esqueceram de que eu também tenho poder dos Criadores de Mito, o poder de cura.

Asha está ao meu lado em um instante, empunhando uma adaga em cada mão. Ela salta sobre o capanga e crava as lâminas nos ombros dele, que solta um ganido que faz meus ouvidos zunirem. O sujeito cambaleia e bate contra a pedra, Asha em cima dele, cravando as lâminas em seu coração.

— Majestade — ela me cumprimenta, um pouco ofegante e toda jovial, como se tivéssemos acabado de nos encontrar para uma caminhada no parque.

— Seu *timing* é perfeito — eu lhe digo.

Ela sorri e, então:

— Abaixe-se!

Eu me jogo no chão e ela lança uma adaga. Outro guarda abatido. Asha sai correndo, sacando as adagas e matando novamente.

Ao meu lado, James tem o gancho enterrado até as entranhas da mulher que o detinha.

Do outro lado do cômodo, Roc agora está de pé.

Ele parou de se transformar, sua forma está sólida e real, exceto pelos olhos, que estão diferentes.

Violeta, não verdes.

Ele vem até nós com passos firmes.

— James — eu digo.

— Estou vendo — ele responde.

Nós nos colocamos lado a lado, preparados.

— Acho que você tem algo que me pertence — diz Roc, mas sua voz é vazia e rouca, não é a voz dele. Ele para diante de James, com uma faca na mão. — Quero de volta.

— Roc — eu digo. — Resista. *Lute contra ela.*

Ele lentamente se vira para mim.

Meu coração martela nos ouvidos. Sempre soube que ele é perigoso, que poderia se virar contra mim a qualquer momento, mas não creio jamais ter me sentido tão vulnerável quanto me sinto agora. Porque Roc se foi completamente, qualquer parte dele que pudesse ter me amado está enterrada sob a bruxa. Se Roc me demonstraria carinho e amor, a bruxa não terá a menor compaixão.

— Ele se entregou — diz a bruxa pelos lábios de Roc. — Não quer saber de toda a complicação que vem com seja lá o que isso for. Você implorou e suplicou para que ele declarasse seu amor, e o que ele fez?

Eu engulo em seco.

— Eu sei que ele nos ama.

— Ama?

— Ama!

— Se amasse, será que não teria lutado mais?

Lágrimas embaçam minha visão.

— Volte para nós — eu imploro. — Por favor.

James se coloca entre nós, usando o próprio corpo como escudo.

— Nada do que vocês disserem pode mudar a opinião dele — a bruxa diz pela boca de Roc.

Cerro os dentes, segurando a respiração.

— Você está errada — James argumenta. — Você se lembra, Crocodilo? *"Você tem seis frases."*

Roc inspira fundo.

— Mas não preciso de seis. Só preciso de uma.

Eu não sei do que ele está falando, mas isso parece despertar Roc. Uma centelha de emoção. Um lampejo de consciência.

Sei que isso é algo de que eu não fiz parte. Sei que aconteceu antes de mim. Mas não me importo. Não vou mais me esconder, não vou mais me afastar do desconforto de amar alguém. E com certeza não vou ceder ao ciúme.

Continuo ao lado de James e aperto sua mão, incentivando-o a seguir em frente. James respira fundo.

— Nós. Te. Amamos — ele diz.

Roc pisca e uma única lágrima escapa do canto de seu olho.

— Eu também amo vocês — ele diz e então: — *Corram*!

30

GANCHO

A TRANSFORMAÇÃO DO CROCODILO É TÃO RÁPIDA QUANTO uma nuvem de tempestade tomando o céu.

Ele é o portador das trevas, da desgraça e do caos.

Asha vem correndo em nossa direção, Vane e Winnie vêm atrás dela.

A bruxa dos Criadores de Mitos está de pé, com uma adaga cravada no olho e metade do rosto banhado em sangue. Claro que não está morta. Não é tão fácil assim matar mitos.

Em um instante, porém, o Crocodilo está em cima dela, devorando-a inteirinha.

Agarro o pulso de Wendy e a arrasto para fora do solário.

— Precisamos daquele chapéu. Agora. *Malachi*…

— Ele era um metamorfo — diz Asha. — Não acho que era o mesmo Malachi que conhecemos.

— Mas ele tem de estar em algum lugar da mansão, não acha? — diz Winnie.

Estamos todos correndo sem rumo pelo corredor. Gritos ecoam lancinantes atrás de nós.

— Se estivesse mantendo um refém em sua mansão — Asha pergunta a Vane —, onde você o esconderia?

Mais gritos. Vidros quebrando.

— Na adega — Vane decide.

— E onde ela fica?

— Por aqui.

Mudamos de direção, descemos um lance de escadas até o primeiro andar. Ao longe, a festa continua a pleno vapor, todos os presentes completamente alheios ao caos que está se desenrolando fora da vista deles.

Atravessamos outro corredor, descemos mais um lance de escadas e chegamos a um cômodo de pedras frias e úmidas, o ar está gelado. Uma única arandela bruxuleante na parede à esquerda.

Vane desaparece nas profundezas da adega, mas o ouvimos dizer:

— Tem sete câmaras de armazenamento aqui embaixo — ele explica, verificando a primeira, depois a segunda. — A terceira tem um compartimento secreto... — Ele desaparece lá dentro. — Ah, aí está você, seu filho da puta.

Nós nos reunimos em uma pequena sala repleta de prateleiras com nichos cheios de garrafas de vinho. Uma das prateleiras foi empurrada, revelando uma alcova escondida onde mais barris estão guardados. Malachi está lá dentro, amarrado e amordaçado.

Vane lhe retira a mordaça.

— Me diz que você tem o chapéu.

— Obrigado. É um prazer te rever também. Afinal, o que são algumas intermináveis horas preso aqui no escuro...? — diz Malachi.

— Me diz que você tem o chapéu — Vane se agacha ao lado dele — ou vou te jogar de petisco pro meu irmão. E não vai sobrar nem um ossinho seu para contar história.

Malachi lambe os lábios.

— Tá bom, tá bom. Sim, eu estou com o chapéu. O Mito ainda está aí?

— O Crocodilo acabou de comê-la — eu digo. — Já é o segundo Mito que ele devora. Precisamos desse maldito chapéu agora.

— Deixei na biblioteca. Dentro do piano.

Estávamos lá há pouco tempo. Estava bem ao nosso alcance.

Asha fica para trás para desamarrar Malachi enquanto Vane, Winnie, Wendy e eu retornamos à biblioteca.

O tampo do piano é aberto, revelando o chapéu.

Não sei ao certo o que eu esperava, mas definitivamente não era uma cartola de veludo amassada.

Vane pega a cartola com todo cuidado.

— É um chapéu mesmo? — pergunta Winnie.

— Eu disse que era um chapéu — Vane responde.

— Sim, mas eu estava achando que era algum tipo de metáfora.

— É um chapéu — ele diz e volta lá para cima.

— Mas é tipo... um chapéu mágico? — Winnie pergunta.

— Mais ou menos isso.

As portas do solário estão abertas quando chegamos. O senso de apreensão e urgência é avassalador.

Lá dentro, silêncio.

Não resta mais nenhum corpo, nenhum capanga dos Criadores de Mitos.

Somente o Crocodilo se apoiando na parede externa, com as unhas, a boca e o pescoço cobertos de sangue. Foguinho brinca com uma tira de tecido rasgada da camisa de Roc.

Quando entramos, ele nos encara lentamente e começa a rir.

— Até que enfim, caralho.

Ele deixa o gato de lado, então cai de quatro e começa a vomitar um pretume purulento.

Quando termina, cai deitado de lado.

— Depressa. — Vane corre para o seu lado. Imediatamente, eu o amparo do outro lado e, juntos, colocamos Roc de joelhos. Então, Vane me diz:

— Quando eu colocar o chapéu nele, vá para longe. Bem longe.

Que tipo de chapéu é esse?

— Está pronto? — Vane pergunta ao irmão.

Roc estremece, então assente.

Vane segura o chapéu sobre a cabeça de Roc, como se fosse coroá-lo. É deliberado, lento, calculado.

Não consigo sentir minhas pernas, mas estou determinado a correr assim que o chapéu estiver na cabeça de Roc. O tempo parece desacelerar. Meus ouvidos estão zunindo.

O ar estala quando o chapéu finalmente é colocado.

Solto Roc e corro para o outro lado do solário, puxando Wendy atrás de mim.

Vane puxa Winnie e, depois, Asha.

A luz pisca pela sala. Vermelha brilhante, prateada, vermelha novamente. O brilho se intensifica, estalando como um relâmpago.

Roc cerra os punhos. O som que ele emite é mais monstruoso do que qualquer outro som que já emitiu. Um rugido primitivo.

O chão vibra sob nós. Eu puxo Wendy e a abraço, apertando-a contra mim.

Na luz tremeluzente, veias saltam na testa de Roc enquanto ele cerra os dentes.

E então...

Silêncio.

A súbita ausência da luz piscante me deixa momentaneamente cego.

Quando minha visão se ajusta, vejo Roc caído de bruços sobre o chão. O chapéu ao seu lado.

Wendy e eu corremos até ele, nossos passos ecoando pelo solário.

— Graças a Deus, ele está respirando. — Wendy se joga de joelhos. — Roc?

— Preciso de uma bebida — ele grunhe.

Wendy resmunga, mas percebo um sorriso de alívio se formando nos cantos de sua boca.

— A bruxa foi embora? — eu pergunto.

Lentamente, ele se levanta de quatro, depois se senta sobre os calcanhares.

— Sim, foi embora. Junto com a irmã dela.

Asha, Winnie e Vane aparecem atrás de nós.

— Seu idiota — diz Vane.

Roc fica de pé e encara Vane.

— Eu também te amo — ele diz e puxa o irmão para um abraço.

Vane fica rígido como uma tábua por dois segundos e, então, abraça o irmão de volta.

— Obrigado — diz Roc.

— Vê se para de devorar toda e qualquer inconveniência que aparecer na sua frente. Só temos um chapéu. E, se algo acontecer com ele, eu não vou atravessar o espelho atrás de outro.

— Não se preocupe. Vou me comportar. — Roc, então, dá um beijo na testa do irmão. Vane pragueja.

— *Atravessar o espelho* — Wendy cochicha para mim.

Dou de ombros. Nunca ouvi nenhum dos dois falando de espelhos.

Quando Roc solta Vane, ele vem até mim e Wendy. Ainda está coberto de sangue, com as roupas em frangalhos, mas nos puxa para si.

— Eu também amo vocês — ele diz. — Acho que também só preciso de uma frase.

Nós rimos.

— Quero saber dessa história — diz Wendy.

— Farei melhor que isso — Roc lhe diz. — Vou te mostrar.

Raios! Ainda bem que está escuro aqui no solário porque eu fiquei vermelho, caralho.

— E então?! Eu falei sério sobre aquele drinque. — Ele segue para fora do solário. — E acho que precisamos conversar sobre se devo ou não reivindicar meu título.

— Você não pode estar falando sério que está mesmo considerando tornar-se rei…

Vane é interrompido por um olhar cortante de Winnie. Uma conversa silenciosa acontece entre os dois.

— Tem razão — Vane diz enfim. — Preciso de uma bebida, caralho.

31

ROC

PARECE QUE REJUVENESCI UM SÉCULO. TODAS AS DORES E OS desconfortos passaram. Toda a sabedoria da idade sem os detritos da juventude. Sinto que posso dominar o mundo.

Mas não quero colocar a carroça na frente dos bois.

Vou até a sala de fumo, que fica logo após o salão de baile. Quando eu era criança, meu pai e seus amigos se retiravam neste cômodo após os jantares para fumar, beber e fazer porra nenhuma.

A sala tem um bar completo com incontáveis garrafas de todo tipo de bebida que se possa imaginar.

O homem atrás do balcão me olha esquisito quando me junto a ele, mas então me reconhece e faz uma reverência, trêmulo e gaguejando:

— O q-q-que eu po-posso fazer pe-pelo senhor?

— Suma da minha frente.

Em um piscar de olhos, o homem desaparece e o bar é todo meu.

Sirvo um copo de uísque, que tem duas vezes o tamanho de um copo normal, e viro de um gole.

Os demais se reúnem ao redor do bar observando-me atentamente, como se tentassem definir se voltei a mim ou se vou perder as estribeiras a qualquer momento e sair devorando pés e cabeças.

— Parem de me olhar — previno todos, enquanto enfileiro vários copos sobre o balcão e sirvo um shot de uísque para cada um. — Nós vencemos.

Vane se acomoda em uma das banquetas e pega seu drinque.

— Ganhamos a batalha, mas será que ganhamos a guerra?

Dou de ombros e me sirvo mais uma dose.

— Os Criadores de Mitos estão com um Mito e uma bruxa a menos. E agora perderam a Terra Soturna.

Wendy e o Capitão também se sentam.

— E qual é o plano agora? — pergunta o Capitão.

Viro o segundo drinque. O álcool apazigua um pouco da energia que vibra frenética em minhas veias. O chapéu tem esse efeito. É o melhor suco detox do mundo.

— Passei a maior parte de minha vida — digo — fugindo de quem eu sou. Talvez seja hora de parar.

Wendy vira seu drinque e estremece com o ardor:

— Se você ficar, eu fico.

— E você? — pergunto ao Capitão, que inspira fundo e diz:

— Aonde você for, vou atrás.

— Só uma frase? — eu provoco.

Ele passa a língua por dentro de seu lábio inferior. Está fazendo de propósito, atraindo meu olhar direto para sua boca.

— Posso usar seis, se você quiser — ele responde.

Eu lhe dou uma piscadinha.

— Seis está de bom tamanho.

32

VANE

Duas semanas depois

Antes de partir da Terra Soturna com Winnie, preciso resolver algumas questões. Quero me certificar de que o chapéu está guardado em um local seguro e de que Roc está estável e não vai sair por aí com a bocarra aberta se metendo em mais encrencas.

Nós nos mudamos para a Mansão Maddred.

Neste exato momento, ele está sentado de frente para mim no cômodo que costumava ser o escritório de nosso pai e, agora, é o dele.

A mesa é diferente. Os estofados e os livros com capa de couro nas estantes são diferentes. Até o carpete tecido à mão e o carrinho de bebidas junto à parede são diferentes. Tudo foi escolhido por Roc, e tudo está no mesmo lugar que estava antes, quando nosso pai era o chefe da casa. É desconcertante o quanto tudo pode mudar e, ainda assim, guardar as reminiscências do que já se foi.

— Já se decidiu? — eu lhe pergunto.

O sol do fim da manhã se derrama pelas portas duplas atrás dele. A luz ressalta todas as imperfeições e ranhuras do vidro recém-limpo. Os demais ainda estão no salão tomando café da manhã e se empanturrando com as delícias preparadas pela nova equipe de cozinha contratada por Roc. Win se derreteu todinha quando viu os croissants. Essa menina tem um fraco por pães e bolos. Bash a corrompeu.

Roc se recosta em sua cadeira e apoia as botas na beira da mesa. Ele está diferente nesta manhã. E não só porque está bem descansado e livre do fardo da bruxa.

Ele finalmente reivindicou a Sombra da Morte da Terra Soturna.

Eu o ajudei, convencido de que a sombra iria lutar contra ele como lutou contra mim, que eu passaria o resto da noite cuidando dele assim como ele cuidou de mim quando a sombra quase me rasgou por dentro, tentando sair de meu corpo.

Roc, porém, não demonstrou a menor dificuldade. Como sempre. A sombra e ele tornaram-se unos logo de cara. Não houve resistência, caos nem carnificina. Nada além de um estalo no ar e uma lufada de escuridão.

— Qual é a sensação?

Ele tinha se inclinado na cadeira e ficou olhando para o nada por um longo instante.

— Eu me sinto... calmo, pela primeira vez.

Concordo. Sei exatamente o que ele quer dizer.

As sombras nos ajudam a manter nossos demônios sob controle. Nada mais de ser um refém do tempo. Nada mais de beber sangue para evitar a transformação. As sombras também cobram um preço, mas é muito mais fácil de pagar.

A cadeira range quando Roc se mexe, virando a cabeça para olhar para mim.

— Se já me decidi? — ele repete. — Sim.

Eu me sento mais para a frente, apoiando os cotovelos nos joelhos.

— Vou entrar com um pedido de restituição do meu título e reivindicar meu direito ao trono da Terra Soturna.

Estalo os dedos, processando a informação. Fui pego de surpresa, não imaginava que...

— Vejo que te surpreendi.

— Você odeia obrigações.

— Eu costumava odiar obrigações.

— E agora não odeia mais?

— Agora tenho de tomar jeito.

Seu olhar vai para o longe, na direção do salão de café da manhã. Ele está pensando em Wendy e Gancho, outros dois elementos que me surpreenderam. Eu sabia que, durante todos esses anos, Roc sempre nutriu um interesse por Wendy, mas achava que ela não passava de um peão, um brinquedinho involuntário no meio de um jogo. E Gancho? Ele odiava o Capitão.

Claramente, eu estava errado.

Pelo jeito, estava errado sobre muitas coisas, especialmente sobre as duas mulheres Darling.

— Rei da Terra Soturna, hein?

— Não restam muitos para se opor a mim e, mesmo se restasse, duvido que teriam culhões.

— Juliette?

— Nah... Ela não será um problema. Em primeiro lugar, ela me adora; em segundo, queria estudar Astronomia na Universidade da Terra Soturna, mas lhe disseram que não podia. Agora ela terá a desculpa perfeita.

— Isso é realmente o que você quer?

Ele entrelaça as mãos sobre o ventre, pensativo.

— Estou cansado de fugir, Vane.

Roc raramente diz o meu nome. É parecido demais com seu nome de nascença, o que ele tanto detesta.

E só então percebo... ele mudou. Tornou-se algo a mais.

— A Terra do Nunca vai apoiar você e a sua reivindicação. Te dou a minha palavra — eu digo.

— E você acha que Pan vai concordar contigo?

— Deixe Pan comigo.

— Com prazer.

Roc se levanta e vem em minha direção balançando os dedos. Resmungo e fico de pé para que ele possa me envolver em um agressivo abraço.

— Obrigado por ter vindo em meu socorro.

— Não podia deixar você devorar metade das Sete Ilhas.

— Pelo menos um terço desses cuzões mereciam ser devorados.

Win me chama lá do salão. Roc e eu nos afastamos. Quando já estou à porta, apoio a mão no batente, olho para trás e digo:

— Conte comigo.

Roc e eu já estamos vivos há muito tempo. Formamos novas famílias, fizemos novas amizades, mas ele e eu somos o que restou de nossa antiga vida. Pensei que a tinha deixado para trás, mas, agora, estou feliz por ter meu irmão de volta.

— Os Irmãos Maddred reunidos — ele diz. — Vá em frente. A sua Darling está te chamando.

Aceno que sim e sigo o chamado de minha própria sombra, o chamado da minha Darling.

EPÍLOGO

ROC

O ARMAZÉM ESTÁ EXATAMENTE COMO O DEIXAMOS, AINDA com um resquício de nossas pegadas na poeira acumulada.

Tem tanta história aqui, e eu preferiria não ter de revirar boa parte dela.

Vane e eu passamos pelos corredores de prateleiras e caixotes empilhados, e vamos para o fundo do armazém, onde metade da Coleção Variante está guardada em um gabinete de carvalho, sem adornos, exceto pelo cadeado de ferro.

Tenho de admitir, Malachi me impressionou ao não só localizar nosso armazém como também o invadir e arrombar o cadeado do armário. Sim, estou impressionado, mas também emputecido. Como ele conseguiu? Parte de mim quer recrutá-lo. E talvez até recrute mesmo, se conseguir convencê-lo a não retornar à Terra Perdida para as disputas internas dos Mitos.

Destranco o cadeado com a chave de esqueleto e abro as portas.

Os outros estão reunidos atrás de nós, espiando por cima de nossos ombros.

— É só uma coleção de chapéus mesmo? — pergunta Wendy, com uma voz evidentemente desapontada. Olho de relance para ela.

— Você esperava algo a mais quando eu disse "coleção de chapéus"?

— Nas Sete Ilhas, qualquer coisa pode ser bem mais do que parece ser.

Bem, errada ela não está.

Há uma lacuna na prateleira do meio para o chapéu mais antigo. *O primeiro chapéu*, aquele usado para remover tudo aquilo que foi devorado.

Foi confeccionado por nosso tio, assim como os demais.

Alguns chapéus concedem poderes a seus portadores.

Outros os afetam de diferentes maneiras, como o chapéu devorador.

Alguns tomam, alguns concedem, outros transformam.

Há mais algumas cartolas, uns poucos fedoras, uma clássica boina de aba feita com oito gomos de lã *tweed* e dois *flat caps*. Todos eles cortados, modelados e costurados à mão.

Coloco o chapéu devorador em seu suporte de ferro.

— Você já usou algum dos outros? — Wendy me pergunta.

— É claro. — Fecho a porta do gabinete e passo o cadeado. — Mas agora já faz muito tempo desde a última vez que precisei usar algum dos outros.

Winnie se aproxima de Vane e pega em seu braço.

— Que outros tesouros vocês guardam aqui nesse depósito? Que outros segredos dos Irmãos Maddred podemos descobrir?

— Não... — diz meu irmãozinho, uma resposta curta, mas que já responde a quaisquer outras questões.

Temos muito segredos. Segredos até demais. E a maioria deve permanecer em sigilo.

Winnie e Wendy saem de braços dados, dando risadinhas, e somem entre duas pilhas de caixotes.

— Win — Vane chama com um grunhido.

— Não ligue para mim. — A voz dela ecoa pelas paredes altas do galpão. — Só estou dando uma olhadinha.

— Não toque em nenhum chapéu. Sob qualquer circunstância, não rele nos chapéus! — Vane diz, indo atrás dela.

O Capitão vem ao meu lado.

— Então quer dizer que você simplesmente deixa chapéus mágicos largados por aí para qualquer um que passar poder pegar?

— Lógico que não — eu lhe digo, mas meu sorriso me contradiz.

— Você é impossível.

— E logo, logo serei insuportável. — Dou um tapa em sua bunda, e James respira indignado. — Assim que toda a papelada for preenchida e eu recuperar meu título e o trono, eu me tornarei rei, o seu rei. Imagine só todas as vilanias que vou exigir de você.

Ele passa a língua pelos lábios, o calor lhe subindo pela garganta.

— Pois pode exigir o que quiser. Eu não baixo a cabeça para homem nenhum.

— Eu não sou um homem, Capitão.

— Muito menos para monstros.

Dou risada.

— É o que nós vamos ver.

— Ai, caralho! — escuto Vane praguejando das profundezas dos caixotes.

— Quem é ela? — ouço Winnie perguntando e, imediatamente, sei a quem ela está se referindo e qual artefato de nosso passado ela descobriu.

Caralho é um eufemismo.

O Capitão me encara, desconfiado, então cede à curiosidade e segue rumo à conversa.

— Ela não é ninguém — ouço meu irmão dizer e, sim, é um baita de um eufemismo, o segundo do dia.

Sigo os passos do Capitão.

Wendy, Winnie, Vane e Asha estão diante de um retrato de dois metros. A pintura a óleo foi encomendada há tanto tempo que o verniz está craquelado e amarelado. Eu estou à esquerda, Vane à direita. Entre nós, uma garota. Ela tem metade de nossa altura, mas sua presença ocupa quase toda a tela. Ela está de costas para Vane, que tem a mão apoiada no quadril dela. Seu corpo está virado para mim, mas a atenção dela está no observador. Ah, aqueles olhos castanho-escuros. Tão escuros que eram quase pretos.

Ela usa a boina de aba e um vestido feito da mesma lã *tweed*. Aquele chapéu foi feito especialmente para ela.

O lençol que cobria a pintura jaz no chão, amontoado na frente da moldura dourada.

Odeio este retrato e, no entanto, nunca fui capaz de me livrar dele. É um lembrete de como tudo pode ser arrancado de nós, de como a confiança e a lealdade são bens frágeis e de como a obsessão pode conduzir à loucura.

— Quem era ela? — Wendy me pergunta, ecoando Winnie.

As mulheres Darling não desistem nunca.

— Um fantasma de nosso passado — Vane responde.

— Quem? — Winnie insiste.

— Ali — eu digo, pois era assim que nós a chamávamos.

— Alice — Vane corrige. — O nome dela era Alice.

Ver esse rosto novamente atiça minha raiva. Enterrei todo e qualquer pensamento acerca dela há muito tempo, junto de todos os artefatos neste lugar.

— Vamos. — Jogo o lençol de volta sobre a pintura. — Ela se foi há muito tempo. Vane tem razão: ela não é ninguém com quem se preocupar.

Ou as Darling decidiram nos poupar ou se deram por satisfeitas em sua curiosidade, mas o fato é que aceitaram a resposta e saíram andando.

Vane e eu nos entreolhamos.

Ninguém com quem se preocupar? Talvez. Provavelmente.

Alice atravessou o espelho há muito tempo. E é melhor que fique por lá, junto de nosso tio maluco.

Porque, se ela ousar dar as caras por aqui novamente, eu a matarei com minhas próprias mãos.

Vane e eu saímos e apagamos as luzes.

Fechamos o cadeado e trancamos a porta do armazém.

Se depender de mim, esta parte de nosso passado está morta e enterrada.

AGRADECIMENTOS

ESTA SÉRIE NÃO TERIA SAÍDO DO PAPEL SEM A AJUDA DE vários leitores.

Acima de tudo, quero agradecer a Jeff, por realizar a leitura sensível e avaliar o relacionamento entre James Gancho e o Crocodilo.

Muitíssimo obrigada a kylie@kylies.booknook, por fazer a leitura sensível de Asha.

Serei eternamente grata por terem me ajudado a retratar esses personagens de forma precisa e respeitosa. Quaisquer erros e/ou imprecisões ainda presentes nesta série são de minha inteira responsabilidade.

Também quero agradecer a você, querido leitor, por não soltar a mão dos Garotos Perdidos nem de James, Roc e Wendy. Eu amo esses personagens e esse mundo, e me considero sortuda por poder escrever suas histórias.

Por fim, obrigado a JV St. Crowe, meu melhor amigo e maior incentivador. Sou grata por todas as nossas conversas sobre o enredo, as discussões sobre personagens e seu apoio infinito. Se eu estivesse em um romance estilo harém reverso — ou, como gosto de dizer, "por que escolher só um homem quando posso ter todos?" —, você seria meu marido favorito.